KB127995

순간을 지배하라

끝판대장 오승환의 포기하지 않는 열정

OH SEUNGHWAN

OH SEUNGHWAN

1장 야구라는 무모한 도전

2장 9회말 인생의 시작

3장 끝날 때까진 끝난 게 아니다

4장 넓은 무대로 떠날 자격

5장 이 순간은 나의 것이다

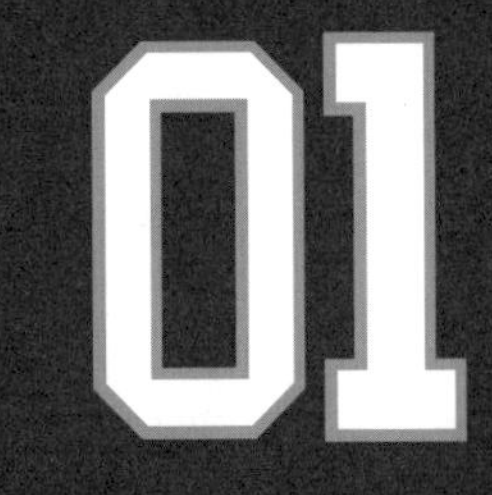

OH SEUNGHWAN

1장

야구라는 무모한 도전

SHOH

22

개구쟁이 알에서 야구선수가 깨어나다

내 인생의 가장 오래된 기억은 '원피스'다.

아들만 둘을 보신 부모님은, 셋째가 딸이기를 바라셨다. 그래서 1982년 7월 5일, 전북 정읍의 한 산부인과에서 셋째마저 아들이라는 사실을 알고 나서 아쉬움이 무척 크셨던 것 같다. 얼마나 아쉬우셨는지, 큰형과 작은형이 아기였을 때 입은 옷들이 있었음에도 여자 아기 옷을 새로 구해 나에게 입히셨다. 세 살 때쯤인가는 예쁜 쌍꺼풀이 생기라고 눈에 테이프를 붙여 주셨다는 이야기도 나중에 들었다. 원피스를 입고 머리까지 양쪽으로 곱게 땋은 4살 때의 내 사진이 남아 있는데, 사진 속의 나는 영락없는 '막내딸'로 보인다. 그러나 나의 '막내딸 노릇'은 오래가지 않았다. 부모님의 희망과는 반대로, 나는 너

왼쪽의 머리까지 양쪽으로 곱게 땋은 '소녀'가 4살의 나.

무나 전형적인 개구쟁이 사내아이였다.

부모님은 작은 도금업체를 운영하셨다. 아버지는 작업장 문을 열기 위해 아침 일찍 출근하셨고, 곧 어머니도 늘 아버지와 직원들의 점심식사를 준비해 집을 나섰다. 밤늦게 부모님들이 집에 돌아오시기 전까지, 나를 돌본 건 두 형들이었다. 자연스럽게 나는 형들이 속한 사내아이들의 세계에 빠르게 동화되었다.

때때로 부모님을 경악시킬 악동 노릇도 했다. 초등학교 2학년 때쯤, 동네 공터에 놓여 있던 폐가전제품에서 구리 전선을 꺼내 고물상에 갖고 가면 군것질할 동전이 생긴다는 사실을 알게 됐다. 라디오부터 냉장고까지, 온갖 전자제품들이 동네 꼬마들의 손에 분해됐다. 전선을 나무에 묶고 이빨로 뜯으면 피복이 잘 벗겨져 쉽게 구리 전선을 얻을 수 있다는 생활의 지혜도 익혔다. 공터의 가전제품은 곧 동이 났지만, 달콤한 용돈 벌이의 재미는 포기할 수 없었다. 어느 날은 집에 있던 고장 난 TV를 들고 나섰다. 고물상으로 낑낑대면서 가져가다가, 하필 그날따라 볼 일이 있어 집으로 돌아오시던 어머니께 딱 걸려 단단히 혼이 났다. 그래도 다음 날 그 TV를 기어코 고물상으로 들고 갔다. 그렇게 천신만고 끝에 고물상에 도착했건만, 주인아저씨는 TV에는 쓸 만한 부품이 별로 없으니 다시 들고 가라 했다. 우여곡절 끝에 고장 난 TV는 우리 집 안방구석으로 돌아왔다.

얼마 되지 않아 나에게 '골목대장'의 자질이 있다는 것도 확실해졌다. 또래들 중에서 가장 키가 작았지만, 가장 힘이 세고 가장 빨랐다. 가끔 벌어지는 주먹다짐에서도 진 적이 없었고 몇 살 위의 형들에게도 주눅 들지 않았다.

3학년이던 어느 날, 한번은 학교를 마치고 집에 들어왔는데, 웬 까까머리 두 명이 집안을 뒤지고 있었다. 그들의 가방에는 우리 형제들의 보물이던 오락기와 저금통 같은 게 쑤셔 넣어져 있었다. 털어갈 걸 다 챙긴 도둑들이 집에서 나오면서 문간에 서 있는 나를 봤지만, 작은 꼬마가 뭘 어쩌겠나 싶었던지 스윽 지나쳐가려했다. 나는 겁도 없이 도둑의 다리를 붙잡았다. 집 밖으로 질질 끌려 나가면서 정말 무섭게 두들겨 맞았지만 꽉 붙든 바짓가랑이를 놓지 않았다. 집 앞 슈퍼마켓까지 끌려가고 있는데, 다행히 시장에 다녀오시던 어머니와 마주쳤다. 어머니와 슈퍼 주인아저씨가 도둑들을 붙잡아 물어보니 인근 고아원에 살던 중학생들이었다. 어머니는 경찰을 부르는 대신 타이른 후 돌려보냈다. 그리고 상처투성이가 된 나를 야단치셨다. 중학생들이었기에 이 정도지, 만약 어른이었으면 어떡할 뻔 했냐고. 다음부터는 도둑들에게 덤비는 무모한 짓 하지 말라고 신신당부를 하셨다.

그때는 나도, 어머니도 몰랐다. 내 인생이 '무모한 도전'으로 가득 찰 거란 걸.

4학년을 마칠 때쯤, 아버지는 익산의 사업을 접고 서울에 작은 금은방을 내셨다. 우리 식구가 새로 자리를 잡은 신림동은 익산과 비슷한 분위기라 서울 적응에는 어려움이 없었고, 개구쟁이 생활의 재미도 똑같았다.

5학년 체력장이 있던 날, 항상 그랬던 것처럼, 나는 전교에서 100미터를 가장 빨리 달렸고, 공을 가장 멀리 던졌다. 그날 수업이 끝난 뒤, 담임선생님이 부르셨다. 그날 혼날 만한 장난을 친 게 뭐 있었나 생각하며 교무실로 갔는데, 선생님은 뜻밖의 질문을 꺼내셨다.

"승환아. 너 공 잘 던지고 달리기도 빠른데, 혹시 야구해볼 생각 있니?"

그때까지 야구는 나와는 아무 상관없는 딴 세상 이야기였다. 친구들과 즐긴 공놀이는 축구였다. 익산에서 살 때 가까운 전주를 연고지로 쌍방울 레이더스가 창단됐고, 아버지가 쌍방울 어린이 회원용 티셔츠를 구해오시기도 했지만 시큰둥했다. 형들이 쓰던 어린이용 글러브를 거들떠보지도 않았고, 서울 올 때 이삿짐에 넣지도 않았다. 직접 본 야구장이라고는 이사 온 집 근처 보라매공원에 있던 리틀야구장뿐이었다. 내 또래 아이들이 유니폼을 입고 야구를 하는 모습을 봐도 별 감흥이 없었다. 프로야구선수 몇 명의 이름을 들어봤지만, 얼굴이 헷갈렸다. 야구 중계를 끝까지 본 일도 없었다. 나는 내 또래 사내아이들 중에서도 야구에 대한 관심이 매우 낮은 축이었다. 야구를 해볼 생각 따위는 당연히 해본 적이 없었다.

게다가 내가 다니던 대영초등학교에는 야구부가 없었다. 선생님의 제안은 다른 학교에서 야구를 할 생각이 있느냐는 것이었다. 선생님의 집 근처 도신초등학교에 야구부가 있고, 감독님이 친구라고 하셨다. 내가 원하면 그 학교로 전학을 시켜주겠다는 것이었다. 전학까지 가면서, 살면서 눈길 한 번 준 적 없는 야구를 한다? 지금 생각해도 말도 안 되고, 고민할 필요도 없는 제안이었다.

제안보다 더 말이 안 되는 건, 그날 저녁 내가 어머니께 던진 질문이다.

"엄마, 나 야구해도 돼요?"

왜 그랬던 걸까? 누군가 나의 재능이라는 걸 처음 발견해준 데 대한 설렘과 책임감? 뭘 하든, 특히 몸으로 하는 건 잘할 수 있다는 천진난만한 자신감? 처음 생각해 본 '나의 미래'에 대한 무게? 지금도 정확한 이유는 모르겠다. 그때 알게 된 건, 내게 '황소고집'이 있다는 사실이었다. 그전까지 관심조차 없던 야구는, '내가 반드시 해야 하는 것'으로 둔갑했다. 내가 뭔가를 하고 싶고 되고 싶다고 주장하는 걸 처음 보신 부모님은 당황하셨지만, 조금은 뿌듯해하신 듯도 하다. 선생님도 아버지를 만나, 야구를 시켜볼 것을 강력하게 권하셨다. 내 의사를 몇 번이나 확인한 부모님은 결국 동의하셨다. 전학 수속은 일사천리였다. 며칠 만에 나는 대영초등학교를 떠나 도신초등학교 학생이 됐다.

그렇게 갑자기 개구쟁이 시절이 끝나고, '야구선수 오승환'의 삶이 시작됐다.

표정이 아닌 공으로 말하라

야구부 생활의 첫 일주일은 재미있었다. 캐치볼을 시켜보신 감독님은, 원래 야구를 해왔던 친구들보다 더 잘한다고 칭찬하시면서 발이 빠르니 외야수를 맡아보라고 권하셨다. 얼마 안 돼서 첫 실전에도 중견수로 투입됐다.

곧바로 고난이 시작됐다. 글러브도 제대로 끼어본 적이 없는 아이가 실전에서 잘할 리가 없었다. 당연히 초보다운 실수를 연발했다. 노골적으로 "쟤 때문에 경기를 진다"고 불평하는 학부형도 계셨다. 죄송해서 감독님께 그만두겠다고 말씀드리고 집으로 도망간 적도 있다. 집으로 찾아오신 감독님은 그 다음 대회까지만 뛰어보고 결정하자고 하셨다.

얼마 뒤에는 연습을 하다가 오른쪽 눈에 공을 맞았다. 안구 안쪽에 피멍이 맺혔다. 그때는 기합도 잦아서 엉덩이에 멍이 사라질 날이 없었다.

가장 힘들었던 건 오래 달리기였다. 100미터 달리기는 전교 최고였고, 반 대항 이어달리기에서 항상 마지막 주자를 맡았으니 뜀박질은 내가 최고인 줄 알았다. 그런데 장거리 달리기는 단거리와는 완전히 다른 세계였다. 순발력이 아닌 지구력이 필요했다. 그리고 나는 지구력이 없다는 사실을 그때서야 발견했다. 운동장 열 바퀴 달리기를 시작해 두 세 바퀴를 지나면 언제나 뒤로 처졌다. 간신히 열 바퀴를 다 돌고 기다시피 꼴찌로 들어올 때쯤이면 심장이 터질 것 같았다. 연습 시간표에 장거리 런닝이 있는 날이면 아침부터 덜컥 겁이 났다. 그 당시 감독님은 빨간색 프라이드 베타 승용차를 타고 다니셨는데 야구부 생활을 시작한 뒤부터 길을 가다 빨간 프라이드 베타만 보면 심장이 벌렁거렸다. 빨간 프라이드 베타는 내 인생에 첫 두려움의 대상이다.

막내아들의 고생이 안쓰러웠던 부모님은 여러 번 그만두라고 권유하셨다. 나는 말을 듣지 않았다. 고됨과 두려움과는 별개로, 고된 연습으로 실력이 나아지자 야구가 재미있어지기 시작했기 때문이다.

남들보다 한참 늦은 5학년 때 야구를 시작했지만 이듬해부터 팀의 주축으로 자리 잡았다. 곧잘 안타를 쳤고, 빠른 발로 도루도 해냈다. 처음에는 외야수로 뛰었지만, 내야수 출신이셨던 감독님은 나를 내야수로 키우고 싶어 하셨다. 어느 날에는 현역 시절 투수였던 감독님의 친구가 캐치볼하는 날 보시더니, 투수로 소질이 있겠다고 칭찬하셨다. 그리고 공 잡는 법과 와인드업, 세트포지션 같은 기본적인 동작들도 가르쳐주셨다. 얼마 후 처음으로 실전에서 마운드에 올라갔다. 내야수 훈련을 한참 하던 터라, 내야수의 송구 동작과 비슷한 사이드암 투구폼으로 '투수 데뷔전'을 치렀다. 스트라이크를 던지는 게 조금 어렵긴 했지만 속도는 꽤 빨랐다. 상대 타자들이 무서워하는 게 느껴졌다.

중학교에 진학하며, 실력이 느는 속도가 더 빨라졌다. 점점 투수와 포수 같은 중요한 포지션을 맡는 일이 많아졌다. 그리고 본격적으로 야구선수의 길을 걷기 시작했다. 아버지가 경기가 있을 때마다 가게 문을 닫고 목동구장으로 달려오신 것도 그즈음부터다. 어머니도 야구부원들의 식사와 간식을 챙기는 당번을 맡으시느라 정신이 없으셨다. 사실 지금도 대부분 우리나라의 학교 야구부원, 아니 모든 스포츠선수들의 가정은 비슷하다. 온 가족의 시간과 노력, 경제력이 선수 한 명에게 '올인'된다. 아이의 그날 성적에 집안 분위기가 좌우된다. 지금도 기회 될 때마다 막내를 챙겨주며 알아서 커야만 했던 형들에게 너무나 미안하다.

아버지는 목동구장에 오실 때마다 경기 전에 항상 더그아웃 뒤로 나를 불러내 우황청심환을 하나 주시고, 먹는 걸 확인한 다음에야 관중석으로 올라가셨다. 당신도 내 경기를 보실 때는 꼭 챙겨 드신다고 했다. 경기에 출전할 나보다, 아버지가 더 긴장하시는 듯했다.

어느 날인가는 경기를 마친 뒤, 야구장을 빠져나가는데, 아버지가 나를 붙잡으시더니 엄한 얼굴로 야단치셨다.

"잘하건 못하건 실실 웃고 그러는 거, 아주 보기 싫다. 넌 절대로 웃지 마라."

말수 적고 감정 표현을 아꼈던 집안 분위기, 그런 가정교육을 받은 내 성격과도 어울리는 충고였다. 그 뒤로 이겨도 당연하다는 듯, 져도 '내일 이기면 되지 뭐'라고 말하는 듯한 무덤덤한 표정이 얼굴에 배었다.

다행히도, 나는 가족의 큰 기대를 배신하지 않고 성장해갔다. 스스로 알아서 운동도 성실하게 했다. 약점이던 지구력을 키우기 위해 팀 훈련이 끝난 뒤에도 혼자서 허리에 타이어를 차고 운동장을 달렸다. 해가 질 때까지 타이어를 끌고 달리고 나면 운동장 표면이 평평해졌다. 타이어 끌기를 마친 뒤에는 운동장 한쪽에서 반대쪽까지 전력으로 여러 번 뛰었다. 어스름 속에, 숨이 턱까지 차올랐지만, 그렇게 해야 직성이 풀렸다. 그렇게 달리지 않은 날은 밤에 잠이 잘 오지 않았다. 열심히 하지 않으면 도태될 거라는 두려움 때문이었을 거다.

운동을 하지 못한 시간도 있었다. 중2 때였던가, 갑자기 무릎이 퉁

퉁 붓고 아팠다. 병원에 가자 성장통이라고 하더니 양쪽 무릎에 깁스를 해줬다. 지금 생각하면 참 이상한 치료법이지만 꼼짝을 할 수 없으니 보름 가까이 운동을 못 하고 집에서 푹 쉬었다. 그런데 신기하게도 깁스를 풀고 키를 재보니 꽤 자라 있었다. 초등학교 때부터 나는 야구부에서 가장 키가 작은 '땅꼬마' 축이었다. 작은 키 때문에 스트레스가 심했다. 작은 키가 운동하는데 지장을 줄까봐 걱정이셨던 어머니가 키 크는 데 좋다며 멸치도 갈아주시고 이런 저런 약도 챙겨주셨지만 별 소용이 없었다. 특효약은 집밥과 휴식이었던 것이다.

지름길로만
갈 수는 없다

그때쯤 투구폼을 오버핸드로 바꿨다. 구속도 점점 빨라졌다. 직구를 던질 때 공 잡는 법도 새로 배웠다. 투수코치님이 검지와 중지를 공에 다 붙이는 대신, 손가락 끝으로 공을 찍듯이 잡는 법을 가르쳐주셨다. 그런 그립으로 던지면 공의 회전이 많아질 거라고 하셨다. 그래서 공의 포수 근처에서의 움직임, 이른바 '공끝'도 더 좋아질 거라고 하셨다. 제구가 쉽지 않을 줄 알았는데 의외로 내 손과 악력에도 맞았다. 그때 익힌 그립으로 만드는 직구의 회전이 나중에 내 인생을 바꾸게 될 줄은 꿈에도 몰랐다. 중3이 되자 전국에 내 이름이 소문났다. 청소년대표로 뽑혀 태극마크를 달고 타이완도 가봤다. 몇몇 고등학교에서 입학 제의가 왔다. 학생들을 인간적으로 대해주시기로 소문난 감독님이 계시던 한서고등학교로 진학했다.

고1 때는 직구 최고구속이 시속 143킬로미터까지 올라갔다. 몇몇 메이저리그 팀에서 테스트를 제의해왔다. 제의를 받은 1998년은 박찬호 선배가 LA 다저스에서 최전성기를 보내고 있었고, 김선우, 김병현, 백차승, 봉중근, 송승준 같은 선배들이 고등학생 신분으로 미국으로 건너간 직후였다. 동갑내기 추신수의 미국 진출설도 솔솔 흘러나왔다. 아버지가 한 유명 스포츠매니지먼트사와 에이전트 계약도 맺었다. 회사는 내 경기 동영상을 미국 팀들에 제공했고 긍정적인 반응을 받았다.

나는 중근이 형처럼 고등학교 2학년을 마치고 일찍 미국에 갈 계획을 세웠다. 미국 고등학교를 다니며 영어도 일찍 배우고 문화도 빨리 익히고 싶었다. 곧 태평양을 건널 생각에 가슴이 부풀어 올랐다.

오랜 시간 땀으로 빚은 장밋빛 희망이 깨지는 건 순식간이었다.

시련의 시작은 고등학교 팀의 공중분해였다. 슬프게도 그때나 지금이나 고등학교 야구부는 선수들의 프로 입단과 대학 진학에 목숨을 건다. 그래서 특히 고학년선수들에게는 팀의 주전으로 뛰는 것이 지상 과제다. 문제는 우리 감독님이, '학년과 상관없이 실력이 더 좋은 선수가 출전해야 한다'는 생각을 가진 분이었다는 거다. 나를 비롯해 저학년선수들이 경기에 나서는 경우가 많았고 당연히 출전 시간을 놓고 학부형들끼리 심각한 갈등이 불거졌다. 1학년인 내가 출전하는 바람에 3학년인 자신의 아들이 경기에 못 뛴다며 우리 부모님께 삿대질을 하는 학부형도 있었다.

결국 감독님은 사표를 내고 팀을 떠났다. 팀은 사분오열됐고 지도자도 없는 어수선한 분위기에서 운동이 제대로 될 리가 없었다. 실력이 점점 떨어지는 게 온몸으로 느껴졌다. 다른 학교로 전학가거나, 야구를 그만두는 친구들이 속속 나타났다.

어느 날 점심을 먹고 친구들과 숙소에 앉아 있는데, 새로 오신 감독님이 우리를 불러 모았다.

"너희들, 진짜 야구 안 할 거냐!"

앞으로 열심히 하겠다는 답을 기대하셨겠지만, 나는 그렇게 말할 수가 없었다.

"야구는 할 건데, 여기서는 못 하겠습니다."

내 답이 기가 막혔는지, 감독님은 짐을 챙겨 숙소를 나서는 나를 붙잡지 않으셨다.

다행히 개교 100주년을 맞아 의욕적으로 전력을 정비하던 경기고등학교에 들어갈 수 있었다. 투수코치님은 부모님께 "물건 하나 만들겠다"고 큰소리를 치셨다고 한다. 나도 새 환경에서 오랜만에 신나게 훈련하며 기대에 부풀었다.

하지만 이번에는 내 몸이 문제였다. 봄이 되면서 오른쪽 허리가 아프기 시작했다. 빠른공이 병에라도 걸린 것처럼 비실거리면서 날아갔다. 어쩔 수 없이 주로 외야수로 뛰게 됐다. 빠른 발을 살려 1번 타자로는 어느 정도 제 몫은 했던 것 같다. 잊을 수 없는 추억도 만들었다. 대통령배 8강전 경남상고전, 3번째 타석까지 안타를 치지 못했다. 4대 0으로 뒤진 6회, 2아웃 만루 기회가 나를 찾아왔다. 앞선 타석들에서 치지 못한 슬라이더가 또 들어왔다. 가운데로 조금 몰린 공을 놓치지 않았다. 알루미늄 배트에 맞은 타구가 동대문 운동장 왼쪽 펜스를 총알 같이 넘어갔다. 극적인 동점 만루홈런에 경기고 응원석은 난리가 났다. 내색하지 않았지만 나도 가슴이 뛰었다. 내 인생 첫 공식경기 홈런이었다. 경남상고 포수 *송산의 어이없다는 표정이 아직도 생생하다. 송산, 이후 내 인생에 주요 인물로 등장할 바로 그 친구였다.

문제는 본업인 투수로서 형편없었다는 거였다. 대통령배에서 마운드에 오를 때마다 난타 당했다. 동기 이동현이 홀로 역투해 결승까지 진출했지만, 결승전에서도 내가 못 던져 추신수가 원맨쇼를 펼친

송산

경남상고(부경고)-단국대 출신 포수. 단국대 시절부터 오승환과 단짝이다. 2000년 세계청소년야구선수권대회에서 우승한 한국 청소년대표팀 멤버. 2001년 2차 5순위로 해태 타이거즈의 지명을 받았고, 단국대학교 졸업 후 2005년에 KIA 타이거즈에 입단해, 주로 김상훈의 백업 포수로 출장했다. 2012년 공익근무요원 소집 해제로 복귀한 후 5월 5일 넥센 히어로즈와의 경기에서 한국 프로야구 최초 대타 연장 끝내기 내야 땅볼 결승타의 주인공이 됐다. 하지만 시즌 중반 2군에 내려가고 오른쪽 고관절 수술을 받았다. 시즌 후 긴 재활을 이유로 보류선수 명단에서 제외되면서 신고선수로 전환됐고 이듬해인 2013년 3월 현역 은퇴를 선언했다. 은퇴 후 스포츠인텔리전스그룹에 입사, 오승환과 일거수일투족을 함께 하고 있다.

부산고에 무릎을 꿇었다. 나 때문에 '전 대회 석권'을 노렸던 우리 팀의 목표가 첫 대회부터 무산됐다.

대회가 끝난 뒤 병원을 찾았는데 척추 분리증 진단이 나왔다. 프로지명을 앞두고 미래가 결정될 시기에 투수 노릇을 할 수 없게 된 것이다. 평생 홈런은 딱 한 개에 발 빠른 것 빼곤 잘하는 것도 없는 그저 그런 외야수에게 관심을 가질 프로팀은 없었다. 고3에게 프로 신인 지명은 인생을 바꿀 사건이지만, 내겐 남의 일이었다. 눈과 귀를 닫고 운동만 했다.

어느 날 혼자 운동장을 뛰고 숙소로 돌아오니 동기들이 아무도 없었다. 후배들에게 물어보니 다 같이 PC방에 갔다고 했다. 게임하러 갔나 싶어 나도 PC방으로 갔다. 그런데 친구들이 모니터 하나에 다 매달려 있었다.

"무슨 일 났냐?"

"너 어디 아프냐? 오늘 프로 *신인 드래프트날이잖아"

차라리 끝까지 모르는 게 나을 뻔 했다. 모니터에 동갑내기 친구들 이름이 차례로 떴지만, 내 이름은 끝내 불리지 않았다. 어머니는 다른 학부형들로부터 "승환이가 어쩌다 저렇게 됐어요"라는 질문인지 위로인지 알 수 없는 말을 인사처럼 듣고 다니셨다. 불과 2년 만에 나는 메이저리그를 꿈꾸는 유망주에서, 모두가 불쌍히 여기는 낙오자로 추락한 것이다.

프로 입성에 실패했지만 야구를 그만둘 수는 없었다. 단국대 강문길 감독님께서 나를 받아주셨다. 중학교 시절 투수였던 나를 칭찬해주셨던 분이다. 강 감독께서는 내가 프로에 못 갈 거라고는 꿈에도 생각하지 못하셨다며, 다시 한 번 투수로 기회를 주시겠다고 했다.

대학 입학에는 수능 성적표가 필요했다. 실은 아주 운이 없지만 않다면 전부 다 찍어도 입학하는데 문제가 없었다. 다른 선수들처럼 대충 '찍고' 나올 작정이었지만, 언어 영역은 지문과 문제를 잘 읽어보니 답이 보였다.

수능 언어 영역의 답 대신, 인생의 답이 보였다면 얼마나 좋았을까. 아쉬움과 짙은 불안을 안고, 나는 대학생이 됐다.

신인 드래프트

프로야구단의 신인 선수 선발 방식. 크게 지역연고를 바탕으로 한 '1차 지명', 지역연고와 상관없이 지명하는 '2차 지명'으로 나뉜다. 각 구단은 1차 지명에서 지역연고 출신 선수를 뽑고, 2차 지명은 전년도 순위의 역순으로 선수를 뽑는다.

오승환이 지명 받지 못한 2001 신인 드래프트에는 준척급 선수들이 쏟아져 나왔다. 오승환의 동기들인 1982년생들은 한국 야구의 황금세대라고 불린다. 2000년 세계청소년선수권대회에서도 우승을 차지했다. 오승환은 청소년대표팀에 승선하지 못했지만, 당시 우승의 주역이었던 선수들 대부분이 프로구단의 부름을 받았다. 오승환과 함께 경기고 소속이던 투수 이동현은 LG 트윈스에 1차 지명돼, LG 불펜의 핵으로 거듭났다. 또 인천 동산고 포수 정상호는 SK 와이번스에, 천안 북일고 내야수 김태균은 한화 이글스에 1차 지명돼, 모두 간판선수로 성장했다.

부산고 투수 추신수는 롯데 자이언츠에 1차 지명됐지만, 메이저리그 시애틀 매리너스와 입단계약을 체결했고, 미국에서 타자로 성공을 거뒀다. 역시 2차 지명 1라운드에서 롯데에 지명돼 프로에서 타자로 변신한 경남고 투수 이대호는 KBO리그를 대표하는 거포로 이름을 날리다가 일본 프로야구에 진출했다.

당시 삼성은 1차 지명에서 대구상고 투수 이정호를 뽑았는데, 이정호는 별다른 활약을 보여주지 못하다 현대와 넥센을 거쳐 은퇴했다. 2차 지명 1라운드에서는 오승환에게 만루홈런을 맞은 경남상고 김덕윤을 선택했다. 김덕윤은 2006년 7월 두산 베어스로 트레이드 된 뒤 2008시즌을 끝으로 방출됐다.

미련한 끈기도 뛰어난 재능이다

대학생이 돼 처음 맡은 보직은 '장작 담당'이었다.

나는 투수로 마지막 승부를 걸어보고 싶었다. 다행히 허리의 통증도 조금씩 사라지고 있었다. 다시 마운드에 오를 수 있을 거라는 희망에 가슴이 뛰었다.

그런데 이번에는 허리 대신 팔꿈치가 문제였다.

입학 전, 겨울 어느 날이었다. 길을 걷고 있는데 갑자기 오른쪽 팔꿈치가 타는 듯 아프기 시작했다. 공을 던지는 건 고사하고, 달리기 할 때 팔을 흔드는 것조차 할 수 없을 정도로 아팠다. 조금 쉬고 진해에서 열린 대학팀 동계 전지훈련에 참가했지만, 아무 것도 할 수 없었다. 공을 던질 수 없는 신입생 야구부원이 할 일은 추위를 녹일 장작불에 땔감을 넣는 것 밖에 없었다. 장작을 집어넣어 불꽃이 살아날 때마다, 진해의 바닷바람은 더 차갑게 느껴졌다.

전지훈련을 마치고 상경하자마자 병원을 찾았다. 팔꿈치 인대가 많이 손상됐다고 했다. 팔꿈치 인대 손상은 투수들의 직업병이다. 요즘 같았으면 곧장 팔목이나 발목 같은 다른 신체부위의 인대를 떼어 팔꿈치 인대 대신 끼워 넣는 수술, 이른바 '토미존 수술'을 하라는 진단이 내려졌을 것이다. 지금이야 국내에도 전문병원이 많이 생겼지만, 당시에는 국내에서 토미존 수술을 받은 경우는 극히 드물었다. 미국의 전문병원에 가는 건 꿈도 꿀 수 없었다. 그래서 대부분 수술 대신 인대 근처의 근력을 강화하는 보강운동을 선택했다. 나도 마찬가지였다.

1학년 내내 필사적으로 보강운동에 매달렸지만 소용이 없었다. 어느 정도 훈련이 됐다 싶으면 조금씩 거리를 늘려가며 공을 던지는데, 50미터까지 괜찮던 팔꿈치가 꼭 60미터만 되면 말썽을 부렸다. 멀리 던지기조차 할 수 없으니 마운드에는 당연히 오를 수가 없었다. 그렇게 1학년을 통째로 허송세월했다. 의사 선생님은 보강운동이 더 이상 의미가 없겠다고 하셨고 프로 출신이셨던 투수코치님도 수술을 권하셨다.

11월 중순 수술대에 올랐다. 생각보다 수술은 빨리 끝났던 것 같다. 회복실에서 눈을 떴는데 부모님이 보였다. 팔꿈치 안에서 뭔가가

꿈틀거리는 느낌이 났다.

의사선생님은 수술은 잘 됐다. 하지만 수술보다 중요한 건 재활이라고 하셨다. 마침 야구선수들의 재활을 전문적으로 돕는 클리닉이 생겼으니 가보라고 추천해주셨다.

지금도 친구들이 나를 놀리는 단골 메뉴가 있다.

"넌 정말 야구하기 잘 했다. 다른 종목 했으면 망했을 거야. 운동선수가 어쩌면 그렇게 운동 감각이 없냐?"

보통 구기 종목의 엘리트선수는 다른 공놀이도 일반인보다는 훨씬 잘하지만 나는 예외였다. 공을 다루는 재주와 감각이 없어도 너무 없었다. 지금도 변화구를 새로 배우자마자 바로 손에 익혀서 경기에 써먹는 류현진, 윤석민 같은 친구들을 보면 너무 부럽다. 그건 타고난 재능이기 때문이다. 지금까지도 내 변화구가 직구에 비해 약한 이유도 운동선수답지 않은 무딘 감각 탓이다. 축구, 농구, 족구 등 어떤 종목을 해도 공 다루는 게 어설펐다. 내가 잘하는 건, 그냥 항상 전력으로 미련하게 열심히 뛰어다니는 것이었다. 그래서 축구를 하면 주로 수비수를 맡았다. 상대 공격수보다 한 발 더 뛰고, 십요하고 미련하게 쫓아다니는 게 나에게 어울렸다.

재활에 필요한 재능이 바로 미련한 끈기였다.

단국대 팀 숙소의 우리 방에서 매일 아침 7시쯤 눈을 뜨면, 전날 늦게까지 훈련한 3 · 4학년 선배들은 여전히 꿈나라를 헤매고 있다.

혼자 아침을 차려 먹고 숙소를 나선다. 지하철과 버스를 몇 번 갈아타고 잠실에 있는 재활클리닉에 도착하면 8시 40분쯤. 아직 클리닉 정문 셔터가 내려져 있을 때가 많다. 문 앞에서 조금 기다리고 있으면 트레이너 형들이 출근한다. 함께 셔터를 열고 들어가 오전 내내 운동기구들과 씨름하며 땀을 흘린다. 점심식사는 주로 클리닉 앞 분식집에서 먹었다. 라면을 시키면 공기밥을 공짜로 줬기 때문이다. 클리닉으로 돌아오면 소화도 시킬 겸 트레이너 형들이 운동복과 수건 빨래를 정리하는 걸 돕고 또 정신없이 운동. 해질녘 즈음이면 재활하러 온 선수들 대부분이 귀가하지만 나는 남아서 운동을 계속한다. 트레이너 형들이 이제 좀 그만하고 집에 가자고 투덜거리기 시작한다. 나는 못 들은 척 저녁식사를 대충 해결하고 재활운동을 한 세트 더 소화한다. 아침에 열고 들어온 셔터를 내리고, 마지막까지 남은 트레이너 형과 함께 퇴근한다. 퇴근시간도 지나 한산해진 지하철을 타고 숙소로 돌아오면 밤 10시쯤. 같은 방 선배들이 내놓은 운동복 빨래들이 나를 기다리고 있다. 선배들과 먹을 밤참 라면을 끓이기 위해 물을 올리고, 빨래를 세탁기에 넣는다. 4명이서 라면 10개를 해치우고 설거지를 마친다. 빨래가 다 되기를 기다려 널고 나면 새벽 1시가 넘는다. 이미 잠든 선배들의 코고는 소리를 들으며 잠을 청한다.

이 생활을 6개월 넘게 반복하면, 시간 감각도 세상 물정도 남의 일이 된다.

6월초 어느 날이었다. 약속이 있어 평소보다 조금 일찍 운동을 마치고 클리닉을 나섰다. 퇴근시간이라 지하철이 인산인해일 줄 알았는데 의외로 한산했다. 옥수역에서 내려 숙소 쪽으로 걸어가는데, 갑자기 엄청난 함성이 거리를 메웠다. 저 멀리 전자제품 매장 앞에 사람들이 빼곡히 몰려 TV를 보고 있는 게 눈에 띄었다. 까치발을 하고 사람들 너머 스크린을 보니, 황선홍 선수가 왼발 논스톱 슈팅으로 골을 넣는 장면이 계속 나오고 있었다. 화면 상단에는 'D조 1차전 한국 1:0 폴란드'라는 자막이 찍혀 있었다.

그러니까, 나도 모르는 새 한일 월드컵이 시작된 거였다.

그 뒤로 재활운동을 쉬는 주말에는 야구부 친구들과 함께 거리응원도 나갔다. 모두의 축제 속에, 미래에 대한 불안함도 잠시 잊을 수 있었다.

돌파구는 합리적으로 찾자

재활이 마냥 힘들기만 했던 건 아니다. 내 야구인생을 바꿀 결정적인 지식을 얻고, 효과를 확인한 소중한 시간이기도 했다.

그전까지 배운 투수의 트레이닝 방법은 학교마다 대동소이했다. 지구력 향상과 하체 강화를 위한 오래 달리기, 유연성 체조, 그리고 손목과 팔꿈치 잔근육을 강화시키기 위한 튜빙 정도였다. 투수는 마라톤선수의 몸을 가져야한다는 말도 많이 들었다. 투수들이 해서는 안 되는 '금지 운동 목록'이 있었는데 그 맨 위가 웨이트트레이닝이었다. 몸이 근육질이 되면 유연성이 떨어지며 특히 투수들에게는 치명적이라고 했다. 무거운 아령이라도 들라치면 "보디빌더 되고 싶냐?"는 핀잔을 들었다.

그런데 재활클리닉의 한경진 원장님은 정반대의 이야기를 귀가 닳도록 하셨다.

"웨이트트레이닝이 보약이다!"

한 원장님의 논리는 이랬다. 야구는 오랫동안 꾸준하게 힘을 써야 하는 마라톤이 아니다. 순간적으로 폭발적인 파워를 써야하는 운동이다. 순간적으로 힘을 쓰는 단거리 육상선수들은 우람한 근육을 가졌다. 야구선수도 당연히 파워를 만들 근육을 키우는 운동을 해야 한다. 근육을 키운다고 유연성이 떨어지는 게 아니며 웨이트트레이닝과 유연성 훈련을 동반하면 얼마든지 두 마리 토끼를 잡을 수 있다. 세계에서 가장 잘 던지는 메이저리그 투수들은 예전부터 웨이트트레이닝이 포함된 과학적인 트레이닝을 받고 있을 정도로 검증이 끝난 이론인데 한국 야구에서는 아직 전근대적인 옛 훈련법을 맹신하고 있다. 과학적인 운동방법을 먼저 실천하는 선수가 경쟁에서 앞서 갈 것이다.

한 원장님은 클리닉을 열기 전, 프로야구 LG의 트레이너로 오랫동안 활동하셨고 누구보다 열심히 공부하는 트레이너로 야구계에 소문이 자자했다. 두 방법 모두를 연구하고 경험해본 사람이 내린 결론이라면 신뢰할 수 있을 것 같았다. 운동 감각은 부족했지만 힘만큼은 자신 있었던 내 성향과도 딱 맞는 훈련방식이었다. 무엇보다 나는 잃을 게 없었다. 바닥까지 떨어진 내게는 다시 잡고 올라갈 동아줄이 필요했다.

그렇게 해서 나는 웨이트트레이닝 신봉자가 됐다. 재활클리닉에서 다른 선수들이 10번씩 드는 역기를 15번씩 들었다. 남들보다 한 세트씩 더 했고, 남들보다 더 무거운 무게를 들어올렸다. 숙소에서 빨래가 다 되기를 기다리면서도 아령과 악력기를 놓지 않았다. 거의 중독 수준이었다. 원장님은 내가 클리닉이 문을 닫는 주말에도 숙소에서 웨이트를 할까봐, "반드시 주말에는 쉬어야 한다. 그게 과학이야"라고 신신당부를 하셨다. 친구들은 "승환이 야구 그만두고 역도 하려나보다"며 놀려댔다. 그런 녀석들은 갈수록 우람해지는 내 팔뚝에 '헤드락'을 당했다.

요령 피우지 않고 열심히 운동에 매달렸지만 회복은 너무 더뎠다. 팔꿈치의 통증이 심심치 않게 재발해 재활진도를 처음으로 돌리기를 반복했다. 원장님도 다른 선수들보다 시간이 더 오래 걸린다고 걱정하셨다. 그래서 처음 제대로 캐치볼을 하게 된 2학년 여름의 어느 날은 춤이라도 추고 싶은 기분이었다. 원장님과 함께 한강고수부지로 달려갔다.

그런데 내가 던지는 걸 본 원장님의 표정이 이상했다. 어디 안 좋으시냐고 물어봤더니 신경 쓰지 말라고 하셨다. 그래도 어딘가 꺼림칙한 얼굴은 여전했다. 아주 나중에, 프로에 완전히 자리를 잡고 나서 들은 이유는 이랬다.

"승환이 네가 공 던지는 폼을 그날 처음 봤는데 큰일 났다 싶더라고. 그렇게 열심히 재활한 앤데 좌절하면 어쩌나 싶어서 그때는 말 못 했지만 야구선수 폼 같지 않더라."

지금도 내 폼은 논란의 대상이다. 학생선수들을 만날 일이 있으면 폼은 절대로 따라하지 말라고 먼저 나서서 신신당부한다. 정석이 아니기 때문이다. 다리를 들어올려 체중을 뒤로 실은 뒤, 자연스럽게 앞으로 무게중심을 끌고나와 부드럽게 던지는, '예쁜 자세'와는 너무나 거리가 멀다. 다리를 갑자기 내려 동작을 멈춘 뒤, 발을 땅에 질질 끌듯 앞으로 옮기고 상체 힘을 이용해 던지는 내 폼은 내가 봐도 많이 이상하다.

지금은 그나마 많이 부드러워진 거다. 대학교 때 공을 받아준 포수 산이는 내 폼을 '3단 각기'라고 불렀다. 투구 중에 세 번 멈춰서 손과 발을 '터는 것' 같다는 거다. 그러니 프로구단에서 10년 넘게 근무하신 한 원장님의 눈에는 내 폼이 기가 막힐 수밖에.

내가 야구에 관심을 조금 더 일찍 가졌다면, 이런 폼이 아니었을 가능성이 높다. 앞에 이야기한 것처럼, 초등학교 5학년 때까지 나에게 야구는 남의 일이었다. TV 중계도 눈여겨보지 않았고, 프로야구 경기가 열리는 야구장에도 간 적이 없었다. 그러니 머릿속에 '좋은 투구폼'이라는 게 자리 잡을 이유가 없었다. 본받을 대상이 없으니 '제멋대로 투구폼'이 된 거다.

따라하고 싶은 투구폼이 평생 없었던 건 아니다. 야구를 본격적으로 시작한 뒤로는 정민철 선배의 폼이 좋아 보였다. 코치님들도 다들 정민철 선배가 투구폼의 교과서라고 했다. 나도 정 선배처럼 던져보려고 했다. 실제로 남들이 이야기해주기 전에는 '정민철 폼'으로 예쁘게 던지고 있는 줄 알았다. 나만의 착각이었지만.

코치님들은 물론이고, 아버지까지 '왜 멈췄다가 던지냐'고 걱정하셔서 나도 고쳐보려고 수없이 노력했다. 새벽에 일어나 투구폼 교정을 위해 섀도 피칭도 엄청나게 해봤지만 허사였다. 공만 잡으면 다시 예전 동작이 나왔다. 그래서 나중에는, '나한테 편한 폼이 제일 좋은 폼'이라고 생각을 바꿔 먹었다. 그렇게 이 말썽투성이 투구폼은 내 야구인생의 동반자가 됐다.

바닥을 찍어야
다시 뛰어오를 수 있다

고생 끝에 조금씩 빛이 보였다. 2학년 말에 드디어 원장님이 '재활 종료'를 선언하셨다. 이제 마음껏 피칭 훈련을 해도 된단다. 고3 때 허리가 아픈 걸 시작으로 제대로 던진 적이 없으니, 3년 만에 투수 노릇을 할 수 있게 된 것이다. 부푼 가슴을 안고 천안으로 옮겨간 팀 숙소에 합류했다.

그런데 팀에 합류하자마자, 다시 나가야할 일이 생겼다.

학생 야구선수들이 쓰는 은어 중에 '빠삐용'이라는 말이 있다. 팀 숙소를 며칠 동안 무단이탈하는 걸 말하는데 단체 기합이 부당해서, 훈련이 너무 힘들어서, 그냥 기분전환을 위해 등등 이유는 여러 가지다. 다녀오면 불호령이 기다리고 있지만, 빠삐용은 학생선수라면 대부분 거치는 통과 의례다. 주로 같은 학년 동기들이 단체로 움직이므로 친구들이 다 도망가는 데 혼자 남는 건 상상하기 힘든 일이다.

문제는 이번 빠삐용이 내가 돌아오자마자 벌어진다는 거였다. 그 때의 주모자가 바로 팀의 주전 포수인 송산이었다. 산이의 핑계는 그 때 머물고 있던 천안 캠퍼스 숙소의 에어콘이 고장 났으니 바람이나 쐬고 오자는 거였다. 2년 동안 힘든 저학년 생활을 견딘 동기들에게는 기분 전환을 위한 일탈이 필요했을 거다. 2년 동안 아무 것도 한 게 없는 나로서는, 지도자분들의 눈 밖에 날 짓을 하는 게 솔직히 부담스러웠다. 산이가 "너는 빠져도 된다"고 했지만 2년 동안 형제처럼 친해진 동기들의 모험에 나만 빠질 수는 없었다. 다 같이 서울행 버스에 몸을 실었다. 함께 방을 잡고 신나게 놀았다.

돌아가는 날이 문제였다. 전날 집에 들렀던 나는 다른 동기들보다 늦게 천안으로 내려갔다. 숙소 문을 열었더니 예상대로 분위기가 살벌했다. 학부형들도 몇몇 와 계셨다. 신발을 벗고 살금살금 들어가는데 코치님이 말했다.

"너, 나가라."

"예?"

"야구 그만두라고. 2년 동안 아무 것도 한 게 없는 놈이 도망을 가? 제정신이냐? 당장 그만둬!"

눈앞이 캄캄해졌다. 내가 도착하기 전에 코치님의 전화를 받은 어머니도 숙소에 오셨다. 코치님은 차분한 목소리로 어머니께 설명하셨다.

"야구선수 한 명 키우는 데 학교 예산 5천만 원이 드는데 승환이는 2년 동안 보여준 게 없습니다. 신입생을 받으려면 승환이가 야구부를 그만둬야 할 것 같습니다."

어머니는 펑펑 울면서 코치님의 손을 잡고 빌었다.

"제발, 1년만 더 할 수 있게 해주세요. 이제 막 재활 끝났으니, 내년부터는 잘 할 거예요. 원래 야구 잘 했던 아이인 거 아시지않아요. 다시는 말썽 일으키지 않도록 할게요."

그때, 1초가 한 시간 같았다.

한참 어머니의 읍소를 듣던 코치님은 한 번만 더 사고 치면 야구부를 탈퇴하겠다는 각서에 서명하라고 하셨다. 내 이름을 쓰며, 어머니의 눈물과 그 순간의 참담함을 잊지 않겠다고 다짐했다. 코치님께 올 겨울까지 해보고 안 되면 야구를 그만두겠다고 말씀드렸다.

태어나 처음 해 본 연애도 그때쯤 끝이 났다. 1학년 때 소개받은 미술을 전공하는 동갑내기였다. 2년 동안 정말 좋아했던 것 같다. 그 친구 집을 찾아가 부모님과 식사를 하기도 했다.

그 친구는 전주에 있는 학교를 다녔다. 어느 날, 전주에 내려간 그녀가 전화를 받지 않았다. 4일 정도 애를 태웠다. 도저히 못 참겠어서 코치님 방을 노크했다.

"제가 이럴 말씀 드릴 상황이 아닌 건 알지만, 여자친구와 헤어지게 생겼습니다. 오늘 밤에 전주에 갔다가 내일 아침에 꼭 복귀하겠습니다."

의외로 코치님은 선뜻 외박을 허락해주셨다. 천안역으로 가보니 전주로 가는 기차는 1시간 반 뒤에나 있었다. 역 앞 전당포에 어머니가 해주신 반지를 맡기고 곧장 택시를 잡아탔다. 2시간을 달려 전주의 그 친구 집으로 갔다. 아무도 없었다. 근처 술집, 찻집을 모조리 찾아다녔지만 그녀는 보이지 않았다. 계속 전화도 받지 않았다.

그러다 몇 번 같이 만난 적이 있던 그녀의 친구와 마주쳤다. 내 이야기를 듣던 그녀의 친구는 건너편 술집에서 기다리고 있으라 했다. 혼자 호프집에 앉아 생오이를 안주로 소주 4병을 비웠다. 스피커에서는 그때 신곡이던 브라운아이즈의 '점점'이 반복해서 흘러나왔다. 시간이 얼마나 흘렀을까. 그녀가 왔다. 손가락에 커플링이 없었다. 나보다 더 잘 해주는 친구가 생겼다 했다. 둘 다 성공해서 나중에 다시 만나자고 약속하고 헤어졌다. 호프집에서 밤을 새고 다음 날 새벽 첫 기차를 타고 천안으로 돌아왔다.

그 친구를 딱 한 번 다시 만났다. 2005년 말 프로야구 신인왕을 받던 날이었다. 3년 전에는 허황돼보였던, 성공해서 만나자는 약속을 지켜서 다행이다 싶었다. 그날 전주에서 느낀 새벽 공기의 차가움이 선명하게 다시 살아났다.

친구 송산과의 인연

'빠삐용' 사건으로 인생의 바닥을 쳤던 걸까. 그 뒤로 신기하게도, 배배 꼬이기만 했던 삶의 실타래가 조금씩 풀리기 시작했다. 정말 오랜만에, 투수가 소화해야 할 훈련을 정상적으로 소화하기 시작했다. 3년 넘게 부상에 시달렸던 것치고는 구위가 회복되는 속도도 생각보다 빨랐고 곧 투수다운 공을 던질 수 있었다. 3학년 첫 대회인 춘계 리그부터 본격적으로 실전에도 투입됐다. 시즌 초반에는 스피드는 그저 그랬다. 최고구속이 130킬로미터 중후반 정도였다. 그런데 효과가 좋았다. 어지간하면 헛스윙이었고, 맞아도 방망이 중심은 거의 피해갔다.

어느 날 경기를 마친 뒤, 포수 산이가 왼손을 보여주며 투덜댔다.

"네 공 못 받겠다."

"왜?

"손이 아파서."

정말 왼손 검지와 중지가 퉁퉁 부어 있었다. 오른손가락과 굵기가 확연히 달랐다.

산이는 내 직구가 끝에서 확 떠오르는 성질이 있다고 했다. 빠르지 않은데도 타자들이 못 치는 이유가 그것이며, 떠오르는 움직임이 너무 급작스러워서, 미트를 정확히 갖다 대기도 쉽지 않다고 했다. 그러다 보니 자꾸 미트 끝 쪽에 공이 걸려서 손가락이 자주 젖혀진다는 거였다.

산이는 그래도 계속 직구 위주로 가겠다고 했다.

"포수도 잡기 힘든 공이니, 타자한테 맞을 일도 없겠다."

'부산 사나이'인 산이와는 처음부터 죽이 잘 맞았다. 무뚝뚝한 스타일에 지는 거 싫어하는 성격이 아주 비슷했다. 두주불사인 주량도 닮은꼴이었다. 가끔 대회를 마치고 동기들끼리 술 마실 일이 있으면, 우리 둘은 꼭 새벽까지 버텼다. 술집의 한쪽 벽을 소주병으로 채우도록 먹은 뒤 아침 해장술로 마무리하기도 했다. 며칠 여유가 있을 때는 부산 출신의 동기들과 함께 부산으로 내려가 바닷바람 맞으며 꼼장어나 회를 안주로 소주잔을 기울이는 재미도 배웠다. 재활운동으로 한껏 키운 근육으로 '차력쇼'를 펼쳐 동기들을 웃기기도 했다. TV

예능프로그램에서도 한 번 선보인 '사과 가로로 쪼개기'도 그때 시작한 레퍼토리 중 하나다.

내가 힘들어 하던 고교 시절, 산이는 이미 청소년대표 주전포수로 태극마크를 달았던 유망주였다. 대학교에서도 1학년 때부터 주전으로 뛰었으니 실력은 말할 필요가 없었다. 나는 산이를 완벽하게 신뢰했고 경기 운영도 전부 맡겼다. 그냥 산이의 사인대로만 던졌다. 계획은 포수에게 맡기고, 나는 그 계획을 완벽하게 실행하는 데 초점을 맞추자 조금 더 집중력이 높아졌다. 그게 내 투구 스타일이 됐다.

시간이 흐르며 직구 스피드도 점점 더 올라갔다. 상대타자들이 내 공을 점점 더 치기 힘들어한다는 게 확연하게 느껴졌다. 딱 한 가지 아쉬웠던 건 내 눈이었다. 시력이 점점 나빠졌다. 조금만 어두워져도 포수의 사인이 잘 안 보였다. 직구 사인을 변화구로 잘못 보고 던졌다가 산이가 낭패를 보기도 했다. 콘택트렌즈나 안경을 장만하라고 산이가 투덜댔지만 그럴 여유가 없었다. 그러자 산이는 아예 허벅지를 주먹으로 치는 큰 동작으로 사인을 내기 시작했다. 눈이 나쁜 나는 물론이고 타자나 상대팀 벤치에서 다 보일 정도였다. 어느 날 게임 도중에 또 그러길래 물어봤다.

"그냥 대놓고 소리를 질러라. 너무 훤히 보이게 내는 거 아니냐?"

"뭔 상관이냐. 어차피 90프로 직구인 거 저쪽에서도 다 아는데, 알아도 못 치잖아."

정말 그랬다. 산이는 그 뒤로도 어두워지면 야구장 구석구석까지 보이도록 큰 동작으로 사인을 냈다. 그 덕에 나는 맨눈으로 대학시절을 버틸 수 있었다.

프로가 된 후에도, 그리고 지금도 산이는 내 든든한 아군이 되어 주고 있다.

마침내 프로의 문이 열리다

대학 졸업반이 되자 중학교 졸업 후 처음으로 팀의 에이스 노릇을 하게 됐다. 거의 모든 경기에 3회나 4회쯤 마운드에 올랐다. 그리고 끝까지 경기를 책임졌다. 성균관대와의 춘계리그 결승전에서도 4회에 마운드에 올라 승리를 지켰다. 마지막 아웃카운트를 삼진으로 잡고, 마운드에서 친구, 후배들과 부둥켜안았다. 태어나 처음으로 미친 듯 환호했다. 내 손으로 지킨 첫 우승이었다. 우수투수상도 받았다. 투수로 재기해 받은 첫 상이었다. 경기가 끝난 뒤 만난 부모님의 두 눈은 퉁퉁 부어 있었다. '빠삐용' 사건 때 야구를 그만두라던 코치님이 몇 번이나 부모님께 '뵐 면목이 없다'고 사과하셨다고 했다.

내 경기에 프로구단들의 스카우트들이 모여들기 시작했다. 이미 저학년 때부터 맹활약해온 손승락(영남대), 장원삼(경성대) 같은 대학 최고투수들과 함께 내 이름이 거론됐다. 4년 전에 나를 낙오자로 만들었던 프로 신인지명이 다가오고 있었다.

풍문으로 들으니, 많은 팀들이 내 구위를 높게 평가하면서도 오랜 부상 이력 때문에 불안감을 갖고 있다고 했다. 나라도 그럴 것 같았다. 사실은 조금 뜨끔했다. 몇몇 사람들에게만 이야기한 비밀이 있었기 때문이다. 4학년 시즌 중에도 팔꿈치 통증이 찾아와 혼자 가슴이 철렁했던 순간들이 있었다. 검진을 받아보니 다행히 수술 받은 인대에는 이상이 없었다. 문제는 팔꿈치 관절의 뼈였다. 무리하게 많이 쓰는 부위의 뼈가 웃자라 서로 닿거나 인대를 건드려 통증을 일으키는, 투수들에게 대단히 흔한 증상이었다. 많이 웃자란 뼈는 떨어져 나와 관절 사이의 공간을 돌아다니거나 인대를 건드려 염증을 일으키기 때문에 근본적인 해결책은 웃자란 뼈를 깎아 내는 수술밖에 없었다.

하지만 그때는 또 한 번 수술을 하는 모험은 할 수 없었다. 드래프트를 앞두고 또 한 번 수술을 받았다가는 정말 야구를 그만둬야 할지도 몰랐다. 염증을 주사로 다스리면서 이를 악물고 던졌다.

어느 날 프로구단과 연습경기를 마친 뒤였다. 평소에 안면이 있던 삼성의 이성근 스카우트가 잠깐 보자고 하셨다.

"승환아, 오른손으로 오른쪽 어깨 한 번만 만져볼래?"

일반인에게는 아무 것도 아닌 쉬운 동작이다. 나도 팔꿈치를 굽히자 자연스럽게 손가락이 어깨에 닿았다. 나중에 알고 보니, 팔꿈치 인대가 아픈 선수는 그렇게 굽혀지지가 않는다고 했다. 이성근 스카우트는 내 팔꿈치에 대한 의구심을 풀기 위해, 전문 트레이너에게 들은 간단한 테스트를 해본 거였다.

뒤돌아보면, 그 순간이 내 프로 유니폼을 결정했다.

2004년의 프로 드래프트는 1차와 2차 지명으로 나뉘어졌다. 1차에서 연고지 출신 신인 한 명씩을 먼저 뽑는다. 2차에서는 출신지역과 상관없이 모든 선수들을 각 팀들이 돌아가며 뽑는다. 먼저 실시된 1차 지명에서는 예상대로 거포인 박병호와 최정, 투수인 김명제, 이왕기, 곽정철 등 고졸선수들이 연고지 프로팀의 부름을 받았다.

2차 지명은 6월 30일 오후에 열렸다. 그 시간에 우리 팀은 성균관대와 연습경기를 치르고 있었다. 경기 중인지라 인터넷은 고사하고 전화도 쓸 수 없었다. 더그아웃에 앉아 상상만 할 뿐이었다.

2차 지명의 추첨 순서는 2003년 성적의 역순이다. 최하위였던 롯데가 가장 먼저 뽑고, 서울팀인 두산과 LG가 뒤를 이었다. 그 다음은 한화, 삼성, KIA, SK, 현대 순이었다. 당시 언론에서는 '대어급'은 별로 없고 고만고만한 선수들이 많은 게 이번 2차 지명의 특징이라고 했다. 고졸 투수들인 서동환과 조정훈, 윤석민, 양훈, 부산고의 강타자 정의윤, 그리고 대학 무대에서 수없이 만났던 고려대의 꾀돌이 내야수 정근우, 그리고 내가 2차 지명의 1라운드 후보로 거론됐다.

내심 나를 뽑을 가능성이 조금 높겠다고 생각했던 팀은 스카우트들이 내 경기를 가장 자주 보러 왔던 두산과 LG였다. 만약 그 팀들이 나를 지명한다면 장점이 많을 것 같았다. 가족들이 잠실구장에 경기 보러 오기 편할 테고, 2라운드 2순위 혹은 3순위라는 뜻이니 고졸 유망주들 만큼은 아니더라도 계약금도 어느 정도 받을 수 있을 것 같았다. 계약금을 받으면 아버지가 10년 넘게 탄 낡은 승용차를 바꿔 드릴까, 조금 넓은 집으로 이사 갈 수 있게 전세금을 보탤까… 이런 저런 상상을 하고 있던 그때, 코치님이 내 어깨를 툭 치면서 말했다.

"축하한다, 삼성이다."

손가락으로 어깨를 만져보라던 이성근 스카우트의 얼굴이 떠올랐다. 입단하고 나서 들어보니, 2차 드래프트를 앞두고 나를 뽑을 지를 놓고 삼성 구단 안에서도 격론이 벌어졌다고 했다. 이성근 스카우트는 이닝당 1.5개 정도였던 삼진 개수와, 시즌 내내 두어 개에 불과했던 볼넷 개수를 대며 좋은 구원투수가 될 재목이라고 추천했고, 반대하셨던 분들은 투구폼을 걱정하셨다고 한다. 너무 무리하게 힘을 쓰는 폼이라 곧 부상이 올 게 확실하다는 거였다. 팽팽하던 찬반양론의 승부를 가른 사람은, 바로 선동열 당시 투수코치님이었다. 특이한 투구폼이 타자들의 타이밍을 뺏는데 유리하다고 판단하셨다고 했다.

조정훈(롯데), 서동환(두산), 정의윤(LG), 양훈(한화)이 2차 1라운드에서 나보다 먼저 지명됐는데 모두 고등학교 3학년인 후배들이었다. 5순위까지 가서 지명된 것에 기분이 나쁘지 않았냐는 질문을 받기도 했는데 전혀 그렇지 않았다. 프로가 될 꿈도 못 꾸며 5년 가까운 시간을 보낸 뒤였다. 지명 순서 같은 걸로 아쉬워하긴커녕 그저 프로 유니폼을 입게 된 것만으로도 감사할 따름이었다.

지명 여부에 따라 대학 동기들의 희비도 엇갈렸다. 지명된 친구들은 돌아가면서 좋은 식당에서 한턱씩 쐈다. 나도 중국집에서 메뉴판에 있는 요리를 모조리 시켜놓고, 축하와 위로를 담은 술잔을 주고받았다.

7월말, 타이완에서 대학야구세계선수권 대회가 열렸다. 전국대학야구선수권대회 준결승까지 마친 뒤, 대표팀이 소집됐다. 손승락과 정근우, 장원삼, 이현승 같은 친구들이 먼저 와서 흰색 대표팀 유니폼을 입고 있었다. 나도 유니폼을 받아 입었다. 중3 때 이후 무려 7년 만에, 내 가슴에 다시 태극마크가 달려 있었다.

7월말의 타이난은 정말 더웠다. 낮 기온은 35도를 넘었고, 하루에도 몇 번씩 폭우가 쏟아졌다. 종일 뜨겁고 축축한 공기에 숨이 막히는, 서울의 여름과는 차원이 다른 '사우나'였다. 그런데 공을 던지는 느낌이 좋았다. 야구공의 가죽이 끈적해져 손에 착 달라붙는 듯했다. 미국과 예선 두 번째 경기 5회쯤부터 불펜에서 워밍업을 시작하는데, 몸도 금방 풀리고 팔도 가벼웠다. 내 머리는 몰라도, 팔은 이런 날씨를 좋아하는 듯했다.

3대 3 동점이던 7회 1아웃에 마운드에 올라갔다. 초구는 볼이었다. 그런데 우리 더그아웃에서 '와~'하는 탄성이 터졌다. 모두들 전광판을 보고 있었다. 뒤돌아보니 시속 152킬로미터가 찍혀 있었다. 내 인생 처음으로 150킬로미터를 넘어선 순간이었다.

그 경기에서 내 구속은 계속 150킬로미터를 웃돌았다. 8회까지 아웃카운트 5개 중에 4개를 삼진으로 잡아냈다. 9회 도중 폭우로 경기가 한참 중단된 뒤에 다시 등판해서 끝내기 안타를 맞은 건 잊고 싶은 기억. 하지만 내 머릿속에 더 선명한 추억은 152라는 숫자다. '진짜 강속구투수'의 자격증을 받은 느낌이었다.

내 생애 첫 국제대회 블론세이브로부터 나흘 뒤, 명예회복의 기회가 왔다. 주최국 타이완과의 예선 마지막 경기였다. 선발 승락이의 호투와 8회에 터진 김대우의 홈런으로 우리가 1대 0 리드를 잡았다. 나는 9회에 마운드에 올라 1점차 리드를 지켜냈다. 생애 첫 국제대회 *세이브였다.

우리는 대회를 4위로 마치고 귀국했다. 친구들은 대부분 그런 대회 이름도 못 들어봤다고 놀렸다. 그럼 어떤가, 내게는 잊지 못할 추억과 자신감을 얻은 소중한 시간이었다.

귀국하자마자 대학야구 추계리그가 시작됐다. 대학 마지막 대회였다. 프로진출이 확정된 동기 타자들이 맹타를 터뜨려 리드를 잡고,

내가 승리를 지키며 우리 팀은 승승장구했다. 결승전 상대는 영남대였다. 나는 3대 3 동점이던 4회에 마운드에 올랐다. 대학생활 마지막 경기라는 생각에 혼신의 힘을 다해 던졌다. 6이닝 동안 삼진 10개를

세이브, 홀드

세이브는 '마무리투수'를 위한 기록이다. 승리한 경기의 가장 마지막에 나와 승리를 지킨 투수가 세이브를 얻는다.

그렇다고 모든 승리의 마지막 투수가 다 세이브를 기록하는 건 아니다. 예를 들어 10대 1처럼 점수차가 큰 경기의 마지막 투수는 승리에 기여한 몫이 크지 않기 때문에 세이브도 얻지 못한다. '어느 정도의 접전'에서 팀 승리를 지킨, 유의미한 기여를 한 투수가 세이브를 기록하게 된다. KBO리그의 '구원투수의 세이브 결정' 규정은 다음과 같다.

1. 자기 팀이 승리를 얻은 경기를 마무리한 투수
2. 승리투수의 기록을 얻지 못한 투수
3. 다음 중 어느 것이라도 해당되는 투수
   ⓐ 자기 팀이 3점 이하의 리드를 하고 있을 때 등판해 최소한 1이닝을 투구하였을 경우
   ⓑ 베이스에 나가 있는 주자 또는 상대하는 타자 또는 그 다음 타자가 득점하면 동점이 되는 상황에서 출전하였을 경우
   ⓒ 최소한 3회를 효과적으로 투구하였을 경우
   세이브 기록은 한 경기에 한 명에게만 부여된다.
   (한국야구위원회, '2015 공식 야구규칙' 161페이지)

오승환은 2006년과 2011년 47세이브씩을 기록했다. 아시아 프로야구 한 시즌 최다기록이다. 삼성 시절 통산 277세이브를 쌓아 국내 프로야구 역대 최다세이브 기록을 보유하고 있다. 또 2014년에는 센트럴리그 최다인 39세이브를 올렸다. 한신 타이거즈 역대 외국인선수 최다 세이브 기록이기도 하다.

블론세이브(blown save)란 말 그대로 '날려 버린 세이브 기회'를 말한다. 위에 적은 세이브 기회에 등판했다가 동점, 혹은 역전을 허용한 경우를 말한다.

세이브가 마무리투수를 위한 기록이라면, 홀드는 마무리투수가 아닌 구원투수 즉 '중간계투요원'들을 위한 기록이다. 선발투수와 마무리투수 사이에 등판해 승리에 기여한 투수에게 주어진다. 위에 열거한 '세이브 상황'에 등판해 리드를 지켰지만, 경기의 마지막까지 던지지는 않은 투수에게 주어진다.

잡아냈고, 점수는 한 점도 주지 않았다. 밤새도록 던져도 점수 줄 일이 없을 것 같았다. 결국 결승전은 12대 3 완승으로 끝났다. 우리는 춘계리그에 이어 2관왕이 됐다. 후배들이 춘계리그 우승 때처럼 모두 달려 나와 환호했지만, 나는 요란한 세리머니에서 금방 빠져 나왔다. 옆에 보니 산이도 무슨 일 있었냐는 듯 더그아웃으로 들어와 장비를 정리하고 있었다. 묘한 기분이었다. 끝이 없을 것 같던 재활을 거쳐, 최강팀의 에이스로 끝난 지난 4년이, 빠르지만 생생하게 머릿속을 스쳐지나갔다. 가슴에 울렁거려 빨리 동대문야구장을 빠져나가고 싶었지만, 한 번 더 그라운드로 불려나갔다. 난생 처음 전국대회 최우수선수상을 받았다.

지명을 받았다고 바로 프로선수가 되는 게 아니었다. 입단 협상이 아직도 끝나지 않은 상태였다. 입단 협상은 아버지께서 하셨는데 구단의 제시안에 조금 아쉬워하셨다. 좋은 고졸선수들이 프로로 직행하는 풍조가 생긴 지 한참 지난 뒤였기 때문에, 대졸선수들의 몸값은 많이 떨어져 있었기 때문이다. 이번 드래프트에서 나보다 먼저 지명된 고졸선수들은 대부분 일찌감치 나에게 제시된 것보다 좋은 조건에 도장을 찍은 뒤였다. 아버지는 구단 측과 여러 번 '밀땅'을 하셨다. 술잔을 건네며 얼른 도장 찍자고 권하는 담당자에 맞서, 끝까지 안 넘어가고 버텼다는 자랑도 하셨다. 결국 10월 중순에, 계약금 1억

8,000만원, 연봉 2,000만 원으로 합의했다.

집 근처 식당에서, 삼성 구단 관계자와 만나 계약서에 서명했다. 구단 관계자분은 그때까지도 아쉬움을 버리지 못한 아버지께 이렇게 말씀하셨다.

"앞 순위의 고졸 투수들만큼 많이 못 줘서 미안합니다. 하지만 우리는 승환이가 더 좋은 투수가 될 걸 알고 있습니다. 승환이 가치를 인정하니까 지명했고, 더 많은 기회를 줄 겁니다."

계약서에 서명한 다음 주에, 계약금이 통장에 입금됐다. 계약서에서 액수를 봤지만, 내 통장에 찍힌 수많은 '0'들을 보는 건 꿈같았다. 계약금은 평소에 상상했던 대로 썼다. 아버지의 낡은 승용차를 중형차로 바꿔드렸고 나머지는 식구들이 살 집을 조금 넓힐 전세금에 보탰다. 그러고 나니 남는 게 별로 없었다. 그래도 오랜 시간 날 걱정하다 깊어진 식구들의 주름살이 조금이나마 펴진 듯해서 행복했다.

달콤한 행복을 오래 즐길 시간은 없었다. 곧장 삼성 구단의 팀 훈련에 참가해야 했다. 삼성은 시즌이 끝난 11월, 자매 결연을 맺은 타이완 리그 형제 엘리펀츠와 원정 친선경기를 치르게 돼 있었다. 그런데 현대와 한국시리즈 '9차전 혈투'를 치르며 선배 주축투수들의 체력 소모가 심했다. 그래서 한국시리즈 직후에 지휘봉을 잡은 선동열 신임 감독님은, 나와 몇몇 신인투수들에게까지 대기 명령을 내렸다.

경산에 있는 구단 2군 숙소에 입소해 처음 받은 푸른 유니폼의 등번호는 21번이었다. 군 입대를 한 선수가 달던 번호라고 했다. 알고 보니 2년 전까지는 강속구 투수의 대명사 박동희 선배가 달던 번호였다. 박철순 선배, 송진우 선배 같은 한국 야구의 전설적인 투수들도 이 번호의 주인이었다고 했다. 평소에 숫자 같은 것에 얽매이는 편이 아니었지만, 유니폼을 입을 때 좋은 기운을 받는 느낌이었다.

공교롭게도 '11월의 프로 데뷔전' 무대는 석 달 전 152킬로미터를 찍었던 타이난 시영야구장이었다. 자랑을 하고 싶었는지 진갑용 선배가 지나가며 "안 떨리나?"라고 물어볼 때 "네" 하는 대답 대신 "저 여기서 150 찍었습니다"라고 말해버렸다. 진갑용 선배는 "아, 그래?" 하고 가볍게 대답한 뒤 가던 길을 갔지만, 속으로 당돌한 놈이다 싶었을 거다.

형제 엘리펀츠는 타이완 리그 최고 인기팀이었다. 경기장의 열기는 친선경기라고 믿기지 않을 만큼 뜨거웠다. 그렇게 많은 관중도, 그렇게 시끄러운 함성도 난생 처음이었다. 우리 팀이 1대 0으로 뒤진 5회 투아웃에 출격명령이 떨어졌다. 연습투구를 하려고 포수 사인을 보려는데, 말 그대로 눈앞이 캄캄했다. 나는 심한 근시 때문에 시력이 나빴다. 대학야구는 대부분 낮 경기고, 포수 산이가 사인도 큰 동작으로 내서 별 문제가 없었다. 그런데 오랜만에 해 보는 야간 경기는 상황이 완전히 달랐다. 아무리 인상을 쓰고 눈에 힘을 줘도 포수의 사인은 흐릿하게 퍼져보였다. 그렇지 않아도 쿵쾅대던 심장이 더 빠르게 요동쳤다. 6타자를 상대했지만 그중 아웃 처리한 타자는 딱 1명. 5명을 안타 2개와 볼넷 3개로 내보냈고 2점을 허용한 채 강판됐다. 선배들은 괜찮다며 등을 두들겨줬지만, 화도 나고 창피하기도 해서 얼굴이 시뻘게졌다. 다행히 내가 지른 불은 한국시리즈까지 치르고 온 권혁이 꺼줬다.

바로 다음 날 2차전은 낮에 열렸다. 만회의 기회였다. 입단 동기들의 난조로 1점차까지 쫓긴 8회말 2아웃에 마운드에 올라 삼진으로 리드를 지켰다. 타선이 9회초 공격에서 석 점을 추가해 12대 8로 이겼다. 기록지 내 이름 옆에 'S'가 붙어 있었다. 프로 유니폼을 입고 처음 올린 세이브였다.

대만 원정에서 3연승을 거두고 돌아왔다. '신예 투수들이 들쭉날쭉한 투구로 선동열 감독에게 확실한 눈도장을 찍지 못했다'는 기사들이 나왔다.

오랜만에 서울 부모님 댁에서 단잠을 자고 일어난 다음 날 아침, 놀라운 소식이 들렸다. '현대 왕조'의 주역 심정수, 박진만 선배가 FA 대박을 터뜨리고 우리 팀으로 온다 했다. 두 선배의 몸값을 합치면 99억 원. 나로서는 꿈도 꿀 수 없는 액수이자, 구단이 얼마나 우승을 갈구하고 있는지를 보여주는 숫자였다. 심정수 선배는 입단식에서, "삼성을 두 번 우승시키겠다"고 했다. 그 말의 무게를 어깨에 짊어지고 뛰는 기분은 어떨까. 내가 프로야구에 발을 내딛었다는 사실을 입단할 때보다 더 실감한 순간이었다.

얼마 뒤 프로야구선수가 된 덕을 톡톡히 봤다. 시력 때문에 고생하는 걸 본 양준혁 선배가 친한 안과 원장님을 소개해주셨다. 덕분에 저렴하게 라식수술을 받았다. 정말 오랜만에 세상이 선명해졌다.

오승환
21

OH SEUNGHWAN

2장

9회 말 인생의 시작

SHOH

22

프로의 비정함을 맛보다

어린 시절 이야기에서 '감독님의 빨간 프라이드' 기억나시는지? 장거리 달리기를 예고하던 빨간 프라이드는 내 인생 첫 두려움의 대상이었다. 프로에 입단한 뒤, 두 번째 두려움의 대상을 만났다.

*김현욱 선배였다.

김현욱 선배는 야구팬들에게는 '성실의 대명사'로 유명한 인물이다. 1997년 쌍방울에서 '20 구원승'의 신화를 쓴 인간 승리의 주인공이자 우리 팀에 와서도 2002년 10승 무패로 첫 한국시리즈 우승의 주역이 됐다. 하지만 35살이 된 2004년, 부상과 구위 저하로 힘든 시간을 보냈다. 그래서 선배에게 2005년 스프링캠프는 희망을 살릴 마지막 기회였다. 선배에게 너무나 절박했던 캠프의 룸메이트가 바로 나였다.

기강이 엄한 스포츠계에서 정확히 12살차 '띠동갑'인, 하늘 같은 선배를 모시게 된 프로 초년병의 심정이 어땠겠는가. 김현욱 선배는 별 말씀 안 하셨지만, 나로서는 숨 쉬는 것도 조심해야 했다. 1차 캠프가 차려진 괌의 한 리조트에 도착해 휘황찬란한 시설에 눈이 휘둥그레진 것도 잠시. 선배와 같은 방에 체크인하고 잠시 눈을 붙인 듯했는데, 갑자기 옆에서 인기척이 느껴졌다.

"선배님, 무슨 일 있으십니까?"

"보면 모르나. 운동하지."

캄캄한 어둠 속에, 스트레칭을 하고 있는 선배의 모습이 희미하게 보였다. 시계를 보니 새벽 5시였다. 황급히 불을 켜고 일어나려하니 선배가 그냥 자라고 손을 저었다. 그 상황에서 마음 편하게 잘 수 있는 신인이 어디 있겠는가. 나도 일어나 선배와 함께 운동을 했다. 따라 하지 말라는 말씀을 안 하시길래, 계속 선배처럼 운동했다.

캠프 초반 내내 그랬다. 팀 훈련이 끝나도 개인 운동이 계속됐다.

김현욱

한국 프로야구를 대표하는 잠수함 투수 중 하나. 경북고–한양대를 졸업하고 1993년 삼성 라이온즈에 입단했으나 주목받지 못하고 2군에 머물렀다. 1995시즌 후 쌍방울 레이더스로 트레이드돼 1996년부터 1998년까지 3년 간 중간 계투로 활약하며 꽃을 피웠다. 특히 1997년에는 157⅔이닝을 던지며 20승 2패 6세이브, 평균자책점 1.88로 다승 · 평균자책점 · 승률 1위에 올랐다. 이후 한국 프로야구에서 구원투수로 20승을 기록한 투수는 나오지 않고 있다. 그러나 잦은 연투 때문에 무릎, 팔꿈치 부상에 시달렸고, 결국 2005년 6월 2일 은퇴했다.

훈련량이 어마어마했다. 나도 학창시절 꽤 성실한 편이었다고 자부하고 있었지만, 선배의 훈련을 따라하는 건 이대로 계속할 수 있을까 무서울 정도였다. 프로는 다들 이렇게 하는 건가 싶어 눈앞이 캄캄했다. 나중에 알고 보니, 김 선배는 프로야구계의 소문난 독종이었다. 누구도 김 선배만큼 철저하고 처절하게 훈련하지 않았다. 지금 생각해 보면 프로에 입문하자마자 최고의 '살아있는 교본'을 모신 셈이다. 하지만 그때는 정말 힘들었다. 그 옛날 빨간 프라이드 베타를 볼 때처럼, 김 선배를 보기만 해도 심장이 빨리 뛸 정도였다.

김 선배와의 시간은 불의의 사고로 끝났다. 투수들의 중거리 달리기 훈련 때였다. 나와 김현욱 선배가 맨 마지막 조로 300미터를 뛰게 됐다. 어린 시절부터 달리기에 자신 있었던 데다가 신인으로 바짝 긴장해 있던 나는 이를 악물고 뛰었다. 선배도 알고 보니 어지간해서는 달리기에서 지지 않는 빠른 발의 소유자였다. 우리 둘의 공통점은 아무리 작은 거라도 지기 싫어한다는 점이었다. 앞서거니 뒤서거니 올림픽 육상 경기처럼 접전을 벌였다. 그러다 "악!"하고 김 선배가 쓰러졌다. 무릎을 움켜쥐고 있었다. 알고 보니 이미 한 번 다쳤던 무릎에 더 큰 탈이 난 것이었다. 선배는 부축을 받고 일어나 운동장을 떠났다. 선배를 다시 본 건 넉 달 뒤 대구구장에서 열린 은퇴식 때였다.

가슴이 시렸지만, 김 선배 걱정을 오래 할 여유는 없었다. 프로의 세계는 냉정했다. 내 코가 석자였다.

앞으로 할 수 있는 것
지금 할 수 있는 것

'프로야구 선수'가 되어 첫 스프링캠프를 맞는 모든 신인들의 꿈은 1군 진입이다. 삼성 유니폼을 갓 입은 나도 마찬가지였다. 양일환 투수코치님은 2005년 개막전 1군 구원투수진에 자리가 날 수도 있으니 스프링캠프에서 최선을 다해보라고 독려했다. 내가 봐도 그냥 덕담 같지는 않았다. 신예투수들 중 두어 명이 빈자리를 메워야할 상황이라 기회는 분명 열려 있었다.

문제는 열심히 운동을 해도, 내 공이 형편없었다는 사실이다. 스프링캠프 내내 내 직구는 느릿느릿 날아갔다. 시속 140킬로미터도 안 되겠다 싶었다. 팔꿈치나 어깨가 아프거나 컨디션이 안 좋은 것도 아니니 환장할 노릇이었다. 다른 사람들 눈에도 내 비실거리는 공이 안 보일 리 없었다. 선동열 감독님이나 투수코치님들이 내 불펜 피칭을 관찰하는 시간이 점점 줄어들었다. 포수 진갑용 선배도 나 대신 좋은 공을 던지는 다른 신인투수들의 공을 많이 받았다. 무관심 속에 불펜 피칭을 하는 나 같은 투수들은 서로를 '고아'라고 부르며 놀렸다. 웃는 게 웃는 게 아니었다. 숙소에서 인터넷을 뒤적거리다 보면 가끔 내 이름이 등장할 때도 있었는데 항상 두 가지 표현이 따라붙었다.

'이중동작 같은 특이한 폼', '속도는 느리지만 제구가 좋은 투수'.

설상가상으로 부상까지 찾아왔다. 나도 달리기가 화근이었다. 단거리 전력 질주 때, 갑자기 오른쪽 허벅지 뒤쪽이 타는 듯 아프더니 나중에는 시커멓게 멍이 들었다. 전형적인 햄스트링 이상 증세였다. 하지만 아무에게도 이야기할 수 없었다. 여기서 아프다고 하면 쉬어야 할 것이고, 1군 진입이 물 건너 갈 게 분명했다. 견디고 달리고 던졌다.

머리가 복잡할 때는 혼자 방 유리창 앞에서 섀도우 피칭을 했다. 한참을 하고 나면 발 뒤꿈치가 까지곤 했다. 그래도 멈추지 않았다. 불안할 때는 가끔 산이와 전화를 했다. KIA에 입단한 산이는 제 코가 석 자였을 텐데 우리 팀 사정까지 훤히 꿰고 있었다.

"선동열 감독이 '지키는 야구'를 하겠다고 선언했으니 무조건 많은 구원투수를 1군에 올릴 거다. 네 이름도 구원진 후보로 꾸준히 기사에 나오더라. 감독이 안 보는 것 같아도 기대를 걸고 있다는 거다. 웬만큼만 하면 1군 들어갈 것 같은데? 부럽다."

그때 생각을 바꿨다.

어차피 몸이 정상이 아닌 상황에서, 최고 스피드를 내기는 불가능하다. 차라리 다른 것에 집중하자. 특이한 폼으로 타이밍을 뺏는 효과와, 대학 때 사람들이 이야기하던 공의 움직임과, 나쁘지 않은 제구력의 조합이면 낙제점은 아니지 않을까. 몸이 정상이 되고 나면, 속도는 자연스럽게 회복되지 않을까.

김현욱 선배가 귀국한 뒤, 임창용 선배를 방장으로 모시게 됐다. 힘을 빼고 공을 던지기 시작한 며칠 뒤, 조심스럽게 물어봤다.

"선배님, 제 공 어때 보입니까?"

"괜찮던데? 막 삐까번쩍하지는 않아도 쓸 만해."

'쓸 만한' 공을 던지는 데 집중한 효과는 생각보다 괜찮았다. 오키나와 캠프에서 가진 막바지 연습경기부터 안타 맞는 일이 줄어들었다. 1군을 향한 희망의 씨앗을 발견하고, 첫 스프링캠프를 마쳤다.

귀국한 다음 날, 또 비행기를 타야했다. 시범경기 개막전이 제주도에서 열릴 예정이었기 때문이다. 태어나서 처음 가 본 제주도는 아름다웠지만 프로야구를 할 만한 분위기는 아니었다. 3월인데도 거센 눈보라가 몰아치고 있었다. 경기 당일에도 계속 눈발이 흩날렸다.

그러나 승부는 뜨거웠다. 9차전까지 치른 전년도 한국시리즈로도 모자랐는지, 삼성과 현대는 7회까지 3대 3으로 팽팽히 맞섰다. 7회말을 시작할 때, 양일환 코치님이 나에게 손짓을 했다. 몸을 풀라는 지시였다. 연습경기 때 한 번도 경기 후반, 접전 상황에 투입된 적이 없었기 때문에 의외였다.

8회초 마운드에 올랐다. 경기 중반에 잠시 그쳤던 눈발이 다시 내리기 시작했다. 이가 덜덜 떨릴 정도로 추웠지만, 시범경기 첫 등판을 망칠 수는 없다는 절박함 때문에 집중력을 유지할 수 있었다. 다행히 공은 나쁘지 않았다. 8회를 무실점으로 막아냈다. 8회말, 우리 팀이 한 점 리드를 잡았다. 9회는 누가 막지? 모두 궁금해하고 있는데, 양 코치님은 내게 9회도 막으라 지시했다. 지금 중요한 테스트를 받고 있다는 느낌이 확 왔다. 1점차 리드를 지키는 긴장감은 동점 상황일 때와는 비교가 되지 않았다. 다행히 무사히 승리를 지켜 시범경기 개막전의 승리투수가 됐다. 시범경기 6경기에 등판해 평균자책점 0에 3홀드. 직구 구속은 여전히 마음에 들지 않았다. 개막전에 1군에서 뛸 수 있을 지, 일말의 불안감이 남아 있었다.

개막전을 사흘 앞두고 마지막 팀 청백전이 있었다. 선발투수는 권오준 선배였다. 감독님은 이 경기를 마친 뒤에 개막 엔트리를 확정하겠다고 공표하셨다. 창용 선배와 오준 선배 중에 누가 선발을, 누가 마무리투수를 맡을지도 청백전을 통해 결정될 예정이었다.

1회 첫 타자 박한이 선배의 타석. 딱 하는 소리와 함께 총알 같은 타구가 마운드 쪽을 향했다. 비명과 함께 오준 선배가 쓰러졌다. 한참 동안 일어나지 못하던 오준 선배는 부축을 받고서야 겨우 마운드에서 내려왔다. 모두 넋이 나간 표정들이었다.

경기는 그 자리에서 끝났다. 다들 말없이 짐을 챙기고 있는데 양일환 코치께서 투수들을 소집하셨다.

"오준이 회복될 때까지 일단 창용이가 마무리다. 박석진, 전병호, 강영식, 김진웅, 박성훈, 오승환도 개막전 불펜에서 대기하고."

눈발 거센 제주도에서 열린 시범경기 첫 등판, 전광판에 오승환이라는 이름이 보인다.

완벽한 데뷔전

데뷔전 기억은 지금도 생생하다. 2005년 4월 3일, 롯데와의 개막 2연전 두 번째 경기였다. 우리 팀 타선이 폭발해 넉넉한 리드를 잡은 상황, 8회초 등판 호출을 받았다. 첫 타자에게 잘 맞은 타구를 내줬지만 운 좋게 3루수 글러브로 빨려 들어갔고 마지막 타자 신명철 선배를 상대로는 첫 삼진도 잡았다. 결국 데뷔전을 1이닝 퍼펙트로 상쾌하게 마쳤다.

홈에서 개막 2연전을 마친 우리 팀의 다음 일정은 잠실 원정이었다. 월요일 오후에 대구구장에 모여 연습을 하고 간단히 샤워를 한 뒤 버스 두 대에 나눠 탔다. 고참들이 먼저 버스에 오르고, 나를 비롯한 신인들은 짐 싣는 걸 도운 뒤 맨 나중에 탔다. 신인들의 자리는 버스 앞쪽. 맨 앞에 타신 감독님을 지나 내 자리를 찾아 가는데, 벌써 코 고는 소리가 들렸다. 저 뒤쪽 자리에 앉은 임창용 선배였다. 다른 선배들도 모두들 잠을 청하고 있었다. 버스가 출발했고, 나도 눈을 감았다. 여기저기서 코 고는 소리가 점점 커졌다. 얼마 뒤에 버스를 둘러보니 나 빼고는 모두 잠든 듯했다. 다시 눈을 감았지만 도통 잠이 오지 않았다. 이리저리 돌아눕고 조용한 음악도 들어봤지만 소용이 없었다. 어느새 버스는 서울 톨게이트를 지나고 있었다. 그 뒤로 야간 원정길을 몇 차례 다닌 뒤, 나는 아무리 피곤해도 버스에서 잠을 못 자는 체질이라는 걸 확실히 알게 됐다. 출발하기도 전에 자기 시작해서 도착해도 못 일어날 정도로 숙면을 취하는 선배들이 너무 부러웠지만, 도저히 따라할 수가 없었다. 그 뒤로는 그냥 자는 걸 포기했다. 코골이 소리만 진동하는 어두운 버스 안에서, 헤드폰을 끼고 음악을 들었다.

첫 두 번의 등판은 점수 차가 한참 벌어진 뒤의 부담 없는 상황이었다. 조금 의미 있는, 승부에 영향을 끼칠 수 있는 상황의 첫 등판 기회는 광주 원정에서 찾아 왔다.

4월 12일에 시작된 KIA와 첫 3연전은 많은 주목을 받았다. 선동열 신임 감독이 사령탑 데뷔 이후 처음으로 고향 광주를 찾았기 때문이었다. 우승후보끼리의 대결이라며 '미리 보는 한국시리즈'라고 부르는 사람도 있었다. 나에게는 다른 의미가 있었다. 4년 동안 동고동락

한 대학동기 송산, 최훈락이 KIA 1군에서 쏠쏠한 활약을 펼치고 있었다. 1월에 캠프를 시작한 뒤로는 통화만 한 친구들이었다. 막 입단한 신인들끼리 따로 시간을 내 만나기는 힘들었지만, 경기 전 훈련 때 스치며 얼굴 보고 인사를 나누는 것만으로 힘이 났다. 산이는 팔꿈치를 다쳐 보름 정도 경기에 못 나온다고 했다. 산이 말로는, KIA의 야수 선배들 중에 나에 대한 정보를 물어본 사람은 별로 없다고 했다.

"선배들도 벌써 다 아는 거지. 직구만 주구장창 던지는 거. 아직 별로 무섭다고 생각은 안 하는 것 같더라."

첫 경기에서 우리 팀은 경기 막판 김한수 선배의 맹타에 힘입어 짜릿한 1점차 재역전승을 거뒀다. 하지만 선발 해크먼이 5회를 버티지 못하면서 불펜진의 소모가 컸다. 양 코치님은 경기 전, 내가 조금 오래 던질 수도 있다고 미리 말씀하셨다. 점수 차가 벌어져서 승부가 나면, 후반 2이닝 정도를 맡겠다고 짐작했다.

실제는 내 상상과 꽤 달랐다. 임창용 선배의 투구수가 5회까지 100개에 근접했다. 1점차로 앞선 6회초, 나에게 몸을 풀라는 지시가 떨어졌다. 프로 3경기 만에 처음으로, 격전의 한 가운데 투입되는 것이다. 두렵지 않았다. 대학 때부터, 남들보다 긴박한 상황을 더 잘 대처한다는 자신감은 있었다. 중요한 건 상황이 아닌, 내 자신이다.

첫 '실전 위기 테스트'도 완벽하게 통과했다. 6회말 첫 타자 김종국 선배를 시작으로 무더기 삼진을 잡아냈다. 8회까지 3이닝을 던졌지만 이미 대학 시절 길게 던지는 것도 많이 해 봤던 터라 지치지도 않았다. 5탈삼진 1안타 무실점으로 프로무대 첫 홀드를 따냈다.

4월 16일 등판 상황은 긴박했다. SK에 두 점 앞선 8회 노아웃 1루에 등판 명령이 떨어졌다. 올라가자마자 이호준 선배에게 좌익선상 2루타를 맞았다. 노아웃 2, 3루. 한 방이면 동점이었다. 그런데도 묘하게 긴장되지 않았다. 다음 두 타자를 연속 스탠딩 삼진으로 돌려세웠고 무실점으로 위기를 넘겼다. 삼성 유니폼을 입은 뒤로, 공을 던지는 느낌이 가장 좋았다. 전광판을 보니 2005년 들어 가장 빠른 145킬로미터가 찍혀 있었다.

경기가 승리로 끝난 뒤, 감독님이 부르셨다. 감독실에 들어간 것도, 감독님과 1대 1로 대화를 나누는 것도 그날이 처음이었다.

"오늘 공 좋았어. 직구만 가지고도 승부가 되겠던데? 주자가 나가니까 더 집중력도 높아지고 구위도 좋아지는 것 같아. 앞으로 더 자주 등판할 거니까 몸 관리 잘 하고."

그날로 나는 우리 팀 '필승조'의 일원으로 자리를 굳혔다.

프로 데뷔 후, 처음 모신 원정 '방장'이 바로 갑용이 형이었다. 포수, 그것도 한참 선배인 주전 포수와 같은 방을 쓰는 신인의 삶은 고달프다. 일반적인 '방졸' 노릇에 더해, 선배의 포수 장비까지 한동안 들고 다녀야 하기 때문이다. 내 가방보다 훨씬 무거운 포수 장비 가방까지 메고 다니노라면, 입단 동기들이 측은하다는 눈빛을 보냈다.

하지만 형은 좋은 룸메이트였다. 일단 코를 골지 않으셨다. 심야 버스에서도 못 자는, 의외로 예민한 나로서는 천만다행이었다. 게다가 나처럼 몸에 열이 많았다. 더운 날에는 에어콘을 안 틀면 잠을 못 이루는 부류였다. 그런 사람이 추위를 많이 타거나, 에어콘 바람에 감기가 잘 드는 선배 룸메이트를 만나면 삶이 힘들어진다. 선호하는 온도가 같은 나와 갑용이 형은 에어콘을 빵빵하게 틀고 시원하게 여름밤을 보냈다.

갑용이 형은 카리스마 넘치는 리더였지만, 후배에게 자신의 방식을 강요하지 않았다. 경기 후에 친구들을 만날 일이 있어 외출해도 되겠냐고 처음으로 조심스럽게 물어봤을 때, "네가 알아서 하면 돼. 프로잖아. 게임에 지장 없으면 돼. 내 눈치 보지 마"라는 대답이 돌아왔다. 덕분에 나는 신인치고는 꽤 자유롭게 '경기 후 생활'을 누렸다. 가끔, 늦게 숙소로 돌아오는 날도 있었다. 대부분의 신인들이 1군 생활을 시작한 뒤 제일 먼저 알게 되는 것 중 하나가 각 원정 숙소의 '뒷문'과 '직원용 엘리베이터'다. 코칭스태프의 눈에 띄면 좋을 게 없기 때문에 숙소로 잠입하는 방법을 익히는 것이다. 그렇게 방에 들어가도 갑용이 형한테 잔소리를 들은 적은 단 한 번도 없었다.

무엇보다 경기에서 갑용이 형과의 호흡은 최고였다. 포수마다 투수를 리드하는 특성이 있다. 갑용이 형의 성향은 '투수의 장점 살리기'다. 타자의 약점을 파악하고 고려하지만, 투수가 잘 던지는 주무기를 가장 우선시해 수 싸움을 이끈다.

어느 날, 수원에서 현대전이 끝난 뒤였다.

"이승용 형 아까 파울친 거 있지? 방망이 쪼개졌잖아. 뒤에서 보니까 공이 방망이를 뚫고 오는 느낌이더라고. 승용이 형도 나한테 물어보더라. 이거 무슨 공이냐고. 그냥 직구지 뭐겠냐고 그랬지. 네 직구, 한가운데 꽂아도 칠 수 있는 타자 별로 없겠어. 애매하게 변화구로 도망갈 생각하지 말고, 그냥 직구 위주로 승부해. 그래도 돼."

그 뒤로 갑용이 형은 더 많은 직구를 요구했다. 아예 변화구를 하나도 던지지 않는 날도 있었다. 덕분에 내 경기 내용은 더 좋아졌다. 확실한 마무리투수로 맹활약한 권오준 선배 바로 앞에서 셋업맨 역할을 하며 홀드를 쌓아갔다.

서서히 신인왕 후보로 내 이름이 거론되기 시작했다. 그래도 아직 거리에 나가면 얼굴을 알아보는 분들은 거의 없었다. 낮 경기를 마치고 월요일 휴식일을 앞둔 일요일 밤은 꿀맛 같은 시간이었다. 원정 경기를 마치고 경산에 도착하면 경산 2군 숙소에 함께 살던 젊은 선수들이 어김없이 기다리고 있었다. 함께 택시를 타고 대구 시내로 나가 동성로를 누비고, 대구의 명물인 막창을 구웠다. 소주 한 잔도 너무 잘 어울렸다. 알아보는 사람이 없었기에 누릴 수 있는 '무명 선수들의 자유'였다.

돌이켜보면 그때가 보통의 20대처럼 지냈던 마지막 시간이었다.

9회말 인생이 시작되다

여름이 오면서 내 공은 조금 더 좋아졌다. 대학 졸업 이후 처음으로 직구 구속이 시속 150킬로미터를 넘어섰다. 시즌 무패 행진도 계속됐다. 선 감독님의 추천으로 올스타전에도 출전하게 됐다. 신인 투수가 올스타전에서 뛰는 건 3년 만이라 했다.

내 페이스는 좋았지만 팀 투수진은 조금 흔들렸다. 6월초까지 평균자책점 0을 유지하며 철벽 마무리로 활약하던 오준 선배의 공이 갑자기 무뎌졌다. 시즌 첫 실점에 이어 첫 블론세이브, 첫 피홈런이 줄줄이 나왔다. 불펜이 무너지며 연패가 찾아 왔다. 5월까지 3연패도 없던 팀이 6연패를 당했다. 선두 자리도 두산에게 내주고 2위로 내려앉았다.

7월 6일 우리 팀은 KIA를 상대로 막판까지 간발의 1대 0 리드를 지켰다. 나는 8회초 2아웃 1루 상황에서 등판해 마해영 선배를 뜬 공 처리해 불을 껐다. 9회도 퍼펙트로 막아 세이브를 올렸다. 팀의 6연패를 끊는 소중한 승리였다. 오준 선배가 쉬는 날 '임시 마무리'로 나가 두 차례 세이브를 올렸을 때와는 느낌이 달랐다.

다음 날 새 외국인 투수 하리칼라가 입국했다. 미국에서 주로 구원으로 뛴 투수라고 했다. 선 감독님은 그날 인터뷰에서 "하리칼라의 구위를 점검해봐야겠지만, 권오준을 선발로 돌리고 하리칼라를 마무리로 쓸 수도 있다"고 말했다.

기사를 보고 혼자 속으로 '저는요?'라고 반문했다.

감독님의 공표대로, 오준 형은 선발로 보직을 바꿔 등판했다. 마무리투수에 대한 결정 발표는 아직 없었다.

전반기 마지막 3연전의 장소는 또 제주도였다. 시범경기에 이어 다시 한 번 현대와 맞붙게 돼 있었다. 호텔방에 들어와서 잠깐 눈이나 붙일까 하고 있는데 전화기 벨이 울렸다. 양일환 코치님이었다.

"비행기 안에서 감독님이랑 이야기했다. 오늘부터 맨 뒤에 대기해라. 임시 아니라 정식 마무리야. 잘해봐라."

그렇게 '9회말 인생'이 시작됐다.

마무리투수로 출발은 나쁜 의미로 아주 강렬했다. 전반기 마지막 경기, 3대 2로 앞선 8회말 노아웃 1루의 위기 장면에서 마운드에 올랐다. 다음 날부터 올스타전 휴식기이니 2이닝을 다 책임지라는 의미였다. 하지만 2이닝을 던질 필요가 없었다. 강귀태 선배에게 역전 2타점 적시타를 맞았고 9회초에 우리 타선이 점수를 못 내면서 패전투수가 됐다. 새 보직 첫 날에 맛본, 프로인생 첫 번째 패전이었다.

첫 패배로부터 바로 이틀 뒤, 두 번째 패전도 기록할 뻔 했다. '한국 야구 100주년'을 맞아 올스타전이 인천에서 열렸다. 즐긴다는 가벼운 마음으로 나섰다가 제대로 큰코다쳤다. 4회초, 3대 1로 앞선 동군의 두 번째 투수로 마운드에 올랐는데 등판하자마자 정신없이 두들겨 맞았다. 올스타가 된 아들을 보러 가족들이 문학구장에 총출동한 날, 프로 데뷔 이후 처음으로 한 이닝에 4점을 내줬다. 올스타전 징크스는 이걸로 끝이 아니었다. 2011년에는 이병규 선배한테 끝내기 홈런을 맞았다. TV로 그 장면을 본 진갑용 선배는 전화를 걸어 "변화구 던지지 말라니까!"라며 소리를 질렀다.

생애 첫 올스타전 패전투수가 될 위기에서 나를 구한 것은 우리 팀 4번 타자 이대호의 역전 투런포였다. 승부와 MVP를 결정한 결승 홈런이었다.

둘 다 1982년에 태어난 동갑내기였지만 그전까지 대호와는 별 친분이 없었다. 경남고 시절 대호가 청소년대표팀의 중심타자 겸 투수로 활약할 때 나는 부상에 시달리고 있었고, 대호는 먼저 프로에 진출했지만 나는 대학에 진학했다. 내가 뒤늦게 프로에 왔을 때, 대호는 이미 프로야구를 대표하는 거포 중 한 명으로 성장해있었다. 게다가 정규시즌 때 이미 대호에게 홈런을 한 방 얻어맞았다.

대호에게 고마워할 일이 생길 줄은 꿈에도 몰랐다. 그 올스타전의 홈런이 재미있는 인연의 시작이 될 거란 것도, 그때는 몰랐다.

다행히 위기와 망신은 올스타전이 마지막이었다. 여름이 내 편이 되어주었으니까. 처음 겪는 대구의 한여름은 정말 대단했다. 도시 전체가 더웠지만, 특히 구형 인조잔디가 태양열을 머금고 뿜어내는 대구구장의 그라운드는 프라이팬을 방불케 했다. 1년 전 겪었던 대만의 사우나 날씨와 비슷한 찜통이었다. 난생 처음 150킬로미터를 돌파한 1년 전 대만에서처럼, 대구의 무더위 속에서 내 공의 위력도 절정에 이르렀다. 선두 경쟁에 결정적인 승리를 거둔 7월 31일 두산전부터 14경기 연속 무실점 행진을 펼쳤다. 8월 평균자책점은 0이었다. 처음으로 '월간 MVP'도 수상했다. 후반기 피안타율은 0.122였고 단 한 번의 패배도 당하지 않은 채 5승 13세이브를 쌓았다.

여름에 최고의 공을 던질 수 있었던 가장 중요한 이유는 체력이었던 것 같다. 대학 때, 힘든 재활을 하는 동안 웨이트트레이닝에 매달리며 다진 체력이 장기 레이스 때 효험을 발휘하는 듯했다. 여름의 원정 룸메이트는 심정수 선배였다. 한국 야구에서 '웨이트트레이닝 전도사' 역할을 하셨던 분이다. 심 선배는 날 '근육으로 둘러싼 절구통'이라고 불렀다. 근육이 탄탄하다는 칭찬 사이로 키가 작다는 놀림까지 담긴 표현이었다.

후반기 내내 우리 팀은 여유 있게 선두를 달렸다. 정규시즌 우승에 1승만 남겨둔 9월 22일, 광주에서 KIA를 만났다. FA 콤비 심정수-박진만 선배가 일찌감치 적시타를 터뜨려 리드를 잡았다. 나는 전날 26개를 던져 아웃카운트 5개를 잡고 세이브를 올렸지만, 또 한 번 8회에 마운드에 올랐다. 체력에는 아무 문제가 없었다. 우승을 확정할 수 있다는 특별한 상황 때문에 피로 같은 걸 생각할 이유도 없었다. 공도 완벽했다. 6타자를 퍼펙트로 처리했다. 마지막 타자 이재주 선배를 유격수 땅볼로 잡아내는 순간, 어떤 표정과 자세를 취해야할 지 잠깐 고민했다. 다행히 진갑용 선배는 평소 승리 때와 똑같이 덤덤하게 다가와 악수를 청했다. 덕아웃에서도 평소와 다름없는 악수와 하이파이브가 오갔다. 홍보팀 관계자분이 가져온 '2005 페넌트레이스 1위-성원에 감사드립니다'라고 쓰인 플래카드가, 그날이 특별했음을 보여주는 유일한 증거였다.

데뷔 첫해
한국시리즈에서

마지막 경기는 홈에서 열린 한화전. 양 코치님은 '일찍 등판할 수도 있다'고 미리 말씀하셨다. 그때까지 나는 9승을 기록 중이었다. 10승을 채울 기회를 줄 수 있다는 뜻 같았다. 짐작대로 1대 1로 맞선 5회에 마운드에 올랐다. 오늘 경기가 끝나면 한동안 휴식이었기에, 3이닝을 무실점으로 막았다. 우리 타선이 5회에 폭발해, 나는 승리투수가 됐다. 내 최종 성적은 10승 1패 11홀드 16세이브에 평균자책점 1.18. 승과 홀드, 세이브를 모두 두 자릿수로 올린 건 내가 처음이라고 했다.

정규시즌 종료 다음 날부터 10일 동안 휴식과 자율훈련을 가졌다. 사실 시즌이 완전히 끝나지 않은 채 찾아온 애매한 휴식기를 어떻게 보내야 할지 감이 오지 않았다. 선배들에게 물어보면 사람마다 다르다고 했다. 그래서 오히려 더 조심스러워졌다. 경산 숙소에 틀어박혀 운동만 했다. 어느 날 택시를 타고 가는데 갑자기 배가 아팠다. 위가 뒤틀리는 듯해 숨을 쉴 수가 없었다. 택시를 세우고 내려 심호흡을 해봤지만 통증이 가라앉지 않았다. 앰뷸런스를 불러 경산에 있는 병원으로 갔다. 위경련 진단이 나왔다. 링거를 맞고 하루 만에 퇴원은 했지만, 몸에 힘이 하나도 없었다. 공을 제대로 던질 수나 있을지 걱정이었다.

한국시리즈 상대는 플레이오프에서 한화를 꺾고 올라온 두산이었다. 대부분의 언론 매체들은 두산의 근소한 우세를 예상했다. 타선과 선발투수진이 앞선다는 게 주된 이유였다. 그런 부정적인 기사들은 팀 분위기에 약간 영향을 끼치는 듯했다. 평생 '질 수 없다'는 투지로 약육강식의 세계에서 살아남은 선수들이다. '네 실력이 떨어진다'라고 말하면 그들의 승부욕에 기름을 붓게 된다.

시리즈 개막을 이틀 앞두고 투수진 미팅이 있었다. 양 코치님은 1차전 선발투수가 하리칼라, 2차전이 에이스 배영수 형이라고 통보하셨다. 의외였다. 아무리 직전 청백전에서 좀 맞았다고는 하지만, 모두들 당연히 영수 형이 1차전에 나설 것으로 생각했기 때문이다. 선배들은 선 감독님이 단기전 승부에서 2차전을 가장 중요하게 생각하기 때문인 것 같다고 해석했다. 그 전년도에 치른 두산과의 플레이오프를 예로 들었다. 그때도 1차전 대신 2차전에 영수 형을 투입해 연패를 막은 뒤, 3, 4차전을 모두 잡았다는 거다.

나도 연투와 2이닝 이상 던질 경우가 많을 테니 대비하라는 지시를 받았다. 연투든 많은 이닝이든 모두 자신 있었다. 정규시즌 동안 오로지 구원으로만 99이닝을 던졌지만, 몸 어디도 아픈 곳이 없었다.

화창하고 선선한, 더 바랄 게 없는 가을의 토요일 오후였다. 대구구장을 꽉 채운 관중, 그리고 전날보다 조금 차가워진 공기가 긴장감을 더했다. 두산의 1차전 선발은 다니엘 리오스였다. 4년 연속 10승을 올렸고, 그해 후반기에만 9승을 거둔 명실상부한 에이스였지만, 우리 타자들은 자신감이 있었다. 우리는 그해 리오스에게 4패를 안긴 '천적'이었다. 1차전에서 리오스를 꺾는다면, 이후로는 두산의 가장 큰 장점이라던 '선발 로테이션 우위'가 사라진다.

리오스의 장점 중 하나는 과감한 몸쪽 승부였다. 타자를 맞힐 것을 각오하고 집요하게 몸쪽을 꽂는다. 우리 타자들은 경기 전, 오히려 한 발 더 홈플레이트 쪽으로 들어가자고 약속했다. 공을 몸에 맞아서라도 리오스의 몸쪽 승부를 무력화시키겠다는 각오였다.

약속과 각오는 현실이 됐다. 2대 0으로 끌려가던 3회말, 박진만 형이 몸쪽 직구를 피하지 않고 팔꿈치 가드에 맞았다. 갑용이 형은 변화구에 등을 얻어맞았다. 노아웃 1, 2루. 김종훈 선배가 당연히 희생번트를 댈 상황이었다. 하지만 사인은 번트 동작을 취했다가 강공으로 전환하는 '페이크 번트 슬래시'. 파울이 나왔다. 2구째는 무조건 번트라고 생각했다. 하지만 이번에도 번트에서 강공으로 전환했고 또다시 파울이 됐다. 승부는 풀카운트까지 이어졌다. 여기서 또 모두의 허를 찌르는 희생번트 사인이 나왔다. 종훈 선배는 스리번트 아웃의 압박감을 이겨내고 완벽한 번트를 성공시켰다. '타짜들의 야구'로 승부의 흐름을 바꾼 순간이었다.

동점이 된 5회에는 더 놀라운 장면이 펼쳐졌다. 원아웃 3루 기회에서 박종호 선배에게 스퀴즈 사인이 나왔다. 리오스의 커터가 번트 동작을 취하려는 종호 선배의 손쪽을 강타했다. 공은 박 선배의 왼손 집게손가락을 때렸다. 판정은 파울. 프로야구 최고의 독종 중 한 명이던 종호 선배도 통증 때문에 더 뛸 수 없어 교체됐다. 더그아웃에 들어온 선배의 찢어진 손가락에 피가 낭자했다. 검진 결과 손가락뼈에 실금이 간 종호 선배는 한국시리즈에 더 이상 뛸 수 없었다.

볼카운트 2볼-2스트라이크에서 김재걸 선배가 급하게 대타로 투입됐다. 최고의 수비력을 가졌지만 조금 아쉬운 타격 실력 때문에 줄곧 백업요원으로만 뛰던 재걸 선배다. 1차전에서 뛴 타자들 중에 타율이 가장 낮았다. 모두들 3루주자가 들어올 수 있는 내야 땅볼 정도를 기대했다. 리오스의 슬라이더를 재걸 선배가 특유의 짧은 스윙으로 밀어쳤다. 타구는 모두의 예상을 깨고, 모두의 키를 넘어, 우측 담장을 때렸다. 승부를 뒤집는 역전 결승 2루타였다.

재걸 선배의 깜짝쇼는 이게 끝이 아니었다. 7회, 두산의 특급 셋업맨 이재우 선배를 상대로 3루 베이스 위를 넘어가는 1타점 2루타로 승부에 쐐기를 박았다. 불펜에 나와 있던 구원투수들 모두가 입을 다물 수 없었다. 다들 재걸 선배가 1경기에 2루타 2개를 친 건 본 적이 없다고 입을 모았다.

고막이 터질 듯한 환호성 속에서도 놀라고 있을 틈이 없었다. 이미 오준이 형이 6회와 7회를 무실점으로 막았다. 나도 2이닝을 던져야할 것 같았다. 얼른 몸을 풀었다. 그리고 예상대로 7회말이 끝난 뒤 등판 지시가 떨어졌다. 나름 강심장이라고 자부했지만, 한국시리즈 1차전이라는 승부의 중압감은 대단했다. 제구가 평소 같지 않았다. 8회 네 타자를 맞아 초구 스트라이크를 하나도 잡지 못했다. 9회에는 안타와 볼넷, 폭투를 하나씩 기록하며 위기를 자초했다. 제구는 별로였지만 구위는 살아 있었다. 1아웃 1, 2루에서 최경환 선배를 삼진으로 잡아 한숨을 돌렸다. 마지막 타자 손시헌 선배를 좌익수 뜬공으로 잡고 한국시리즈 첫 세이브를 올렸다.

쉽지 않은 상대를 이겨야 하는 이유

인터넷을 뒤져보니 재걸 선배 사진으로 가득했다. 두 감독님의 인터뷰도 있었다. 김경문 두산 감독님의 코멘트가 눈길을 끌었다.

"오승환이 2이닝을 던졌는데, 우리 타자들이 못 칠 정도의 공을 던진 것 같지는 않다."

당장 야구장에 가서 두산 타자들을 상대하고 싶었다.

문제는 다음 날 경기 상황이었다. 2차전에서 우리 팀은 그야말로 꼬일 대로 꼬였다. 잘 맞은 타구가 번번이 수비수 정면으로 날아가거나 호수비에 걸렸다. 선발 영수 형이 잘 던졌지만 9회까지 2대 1로 뒤졌다. 정규시즌 세이브왕인 두산의 수호신 정재훈 선배가 9회말 마운드에 올랐다. 우리는 하위타순, 자리를 뜨는 팬들도 보였다.

1아웃 후 김대익 선배가 대타로 들어섰다. 김대익 선배는 정교한 타격 능력을 가졌지만, 롯데에서 우리 팀으로 옮긴 뒤 2년 동안 홈런은 3개뿐이었다. 필요할 때 장타 한 방을 쳐줄 대타요원이 없는 게 우리 팀의 약점이라던 기사들이 떠올랐다. 정재훈 선배의 포크볼이 가운데로 몰렸다 싶은 순간, 방망이가 번쩍하고 돌았다. 순간 시야에서 타구가 사라졌다 싶더니 김대익 선배가 손뼉을 치며 1루를 돌고 있었다. 패배까지 아웃카운트 2개를 남겨두고 터진 믿을 수 없는 동점 홈런이었다.

저마다 알 수 없는 괴성을 지르며 김대익 선배를 맞이하는 동안, 양일환 코치님은 선 감독님과 상의하고 있었다. 곧 지시가 나왔다. 10회초는 안지만이 그대로 던진다. 여차하면 바로 나로 교체한다.

곧바로 '여차한' 상황이 찾아왔다. 그때까지만 해도 덩치가 가냘픈 편이었던 지만이가 흔들렸다. 윤승균과 성흔이 형에게 연속안타를 맞고 노아웃 1, 2루 위기에 몰렸다. 양 코치님이 마운드로 가면서 교체 사인을 냈다.

첫 타자는 정원석 선배였다. 당연히 보내기번트 자세를 취했다. 번트 상황에서 투수들이 취하는 전략은 저마다 다르다. 가령 지만이는, 상대 타자가 번트 자세를 취하면 일부러 한가운데로 던진다. 일부러 번트를 대게 만드는 거다. 탁월한 수비 능력을 갖고 있기 때문에, 출루해 있는 주자를 다음 베이스에서 잡아낼 가능성을 기대한다.

나는 직구를 타자 몸쪽 높은 곳을 겨냥해 던진다. 몸쪽 높은 직구는 타자들이 번트대기 가장 힘든 공이다. 번트를 무산시킨 뒤, 삼진을 노린다.

승부는 정확히 내 의도대로 흘러갔다. 몸쪽 꽉 찬 강속구에, 두 개의 번트 타구가 모두 파울이 됐다. 볼카운트 2볼-2스트라이크. 타자는 예상을 깨고 다시 번트 자세를 취했다. 갑용이 형이 조금 엉거주춤하게 앉아 미트를 몸쪽 높은 쪽에 대고 있었다. 공은 정확히 미트 쪽으로 날아갔다. 방망이에 맞은 공은 또다시 1루 쪽 파울라인을 벗어났다. 3번트 아웃. 1루쪽 두산 더그아웃 모든 사람들의 표정과 몸이 얼음처럼 굳는 게 느껴졌다. 나도 모르게 주먹을 불끈 쥐었다. 홍원기 선배를 상대로도 일찌감치 2스트라이크를 잡았다. 갑용이 형은 가운데 높은 쪽으로 유인구를 요구했다. 3구를 던지는 순간, 아찔했다. 공이 한가운데로 향했다. 하지만 내 공에는 힘이 넘쳤다. 공이 미트에 꽂힌 뒤에 방망이가 돌아갔다. 3구 삼진이었다. 마지막 타자 손시헌 선배도 풀카운트 끝에 파울팁 삼진으로 돌려세웠다. 공이 미트에 들어 있는 걸 확인한 갑용이 형과 나는 동시에 공중을 향해 어퍼컷을 날렸다.

두산은 쉬운 상대가 아니었다. 11회 선두타자 전상열 선배가 깐깐한 눈으로 볼넷을 골라나갔고 바로 2루 도루를 시도했다. 갑용이 형의 송구가 조금 짧아 공은 2루 베이스 커버를 들어간 유격수 박진만 선배의 글러브를 맞고 뒤로 빠졌다.

내 몸은 본능적으로 베이스 커버를 위해 3루쪽을 향했다. 순간, 공을 향해 몸을 던지는 재걸 선배가 보였다. 3루로 뛰려던 전상열 선배의 발에 급제동이 걸렸다. 김재걸 선배의 글러브를 맞고 튄 공을 중견수 박한이 선배가 수습했다. 노아웃 3루가 될 위기를, 두 베테랑 선배들이 최선을 다한 수비로 막은 것이다.

노아웃 2루. 또 보내기 번트가 가능한 상황이었지만, 10회의 뼈아픈 실패가 마음에 걸렸던지 김경문 감독님은 번트 사인을 내지 않았다. 장원진 선배의 경험을 믿는 듯 강공으로 일관했다. 삼진을 잘 당하지 않는 장원진 선배였기에, 진루타를 기대하는 듯했다. 나는 높은 쪽을 공략했다. 맞아도 땅볼 대신 평범한 뜬 공으로 3루 진루를 막고 싶었다. 장원진 선배는 끈질겼지만, 승부는 내 의도대로 끝났다. 8구째 높은 직구에 얕은 중견수 플라이. 전상열 선배는 2루에 묶여 있어야 했다. 후속타자들을 범타와 삼진으로 잡아내고 또다시 무실점.

시작할 때 햇살로 가득했던 야구장에 어둠이 드리웠다. 12회도 내 몫이었다. 경기가 끝난 뒤에 마무리투수가 3이닝을 던져 힘들지 않았냐는 질문이 쏟아졌지만, 정말 아무렇지도 않았다. 대학 때는 6이닝을 던지는 게 일상다반사였다. 마무리투수가 된 7월 이후로도 3이닝 이상을 2번 던졌다. 투구수가 몇 개가 됐든, 가장 빠른 공을 전력으로 던진다. 수술로 새로 붙인 튼튼한 인대와, 끝없는 웨이트트레이닝으로 다진 근육이 이 모든 부담을 감당해줄 것이다. 다른 것 신경 쓰지 않고, 다음 타자와 승부에만 집중할 수 있다.

스스로에 대한 믿음대로, 3이닝째도 아무 일 없었다. 정원석, 홍원기 선배를 삼진으로 잡아내고 깔끔하게 12회를 마무리했다. 내려오니 양 코치님이 걱정스런 눈빛으로 물어봤다. "괜찮냐?" 답은 하나다.

"괜찮습니다."

"한 이닝 더 되겠나?"

"됩니다."

한 이닝 더 던질 일은 없었다. 1차전의 영웅 재걸 선배가 12회말 선두타자로 나서 정재훈 선배로부터 2루타를 뽑아내 또 한 번 우리를 놀라게 만들었다. 그리고 종훈 선배의 타구가 우익선상에 떨어졌다. 갑용이 형을 비롯한 한 무리가 홈으로 달리는 재걸 선배를 향해 달려갔다. 나를 비롯한 또 한 무리는 1루를 향해 뛰는 종훈 선배 쪽을 향했다. 전광판 위 시계에는 6시 51분이라고 찍혀 있었다. 한국시리즈 사상 최장시간 승부가 우리의 환호와 함께 끝났다.

골목대장이던 어린 시절에 일찌감치 깨달은 진리. 승부는 기가 꺾이는 순간 끝난다. 1, 2차전 승부가 우리의 극적인 역전승로 끝나며, 분위기는 돌이킬 수 없을 정도로 기울었다. 3차전부터는 잠실 원정이었지만 우리는 기세등등했다. 두산 선수들은 초조한 표정이 역력했다. 3차전 1회부터, 그 여유와 초조함의 차이가 극명하게 드러났다. 1회말, 두산 전상열 선배의 타구가 오른쪽 펜스를 때렸다. 전상열 선배가 2루를 돌아 3루로 달렸다. 전상열 선배가 아무리 빨라도 조금 무리라고 느꼈다. 1, 2차전의 영웅들은 당황하지 않았다. 우익수 김종훈 선배가 커트맨으로 나간 2루수 김재걸 선배에게 재빨리 공을 넘겼다. 그리고 김재걸 선배의 강력한 송구가 3루수 조동찬의 글러브에 정확히 빨려 들었다. 간발의 차로 아웃. 이제 우리의 패배는 불가능해 보였다. 우리 투수진도 언제나처럼 강력했다. 1대 0 살얼음판 리드가 이어지던 6회 1아웃 1, 3루 위기에서 연속 삼진으로 불을 끈 오준이 형의 역투는 백미였다. 7회말에도 오준이 형이 마운드에 올랐다. 나에게도 몸을 풀라는 지시가 나왔다. 2차전 3이닝을 소화한 피로가 조금 남아 있었다. 양 코치님은 "무리하지는 말라"고 하셨다. 상대에게 내가 등판할 수 있다는 가능성만 보여주자는 의도 같았다. 현역 시절, 몸만 풀어도 상대 타자들이 급해지는 걸 몸소 체험한 선 감독님 아니셨던가. 그 효과 때문이었는지는 모르겠지만, 7회말 두산 타선은 삼자 범퇴로 물러났다.

나는 8회초 우리 공격 때도 계속 몸을 풀었다. 8회말에도 1점차 리드면 정말 등판할 수도 있을 것 같았다. 다행히 그럴 일은 없었다. 1, 2차전 타선의 주인공들이 '깜짝 스타'들이었다면, 3차전의 승부를 가른 선수들은 간판스타들이었다. 양준혁 선배가 결정적인 3점 홈런을 터뜨렸다. 그리고 갑용이 형이 투런 홈런으로 쐐기를 박았다. 나는 안도하며 옷가지와 장비를 챙겨 더그아웃으로 돌아갔다. 3차전은 6대 0 완승으로 끝났다.

우승을 하면 좋은 것

4차전이 열린 10월 19일은 아버지의 음력 생신이었다. 부모님이 함께 잠실구장을 찾으셨다. 잠실에 내 경기를 보러 오신 건 그날이 처음이었다. 구경하러 오시라고 해도, 늘 신인인 아들이 신경쓸까봐 못 가겠다고 답하셨다. 그래도 아들의 첫 한국시리즈 우승 순간을 놓칠 수는 없다고 생각하신 듯했다.

경기 전 팀 분위기는 유쾌했다. 손가락에 깁스를 한 종호 선배는 "이게 다 나 때문이야. 내가 빠지지 않았다면 재걸이 형도 못 뛰었고 3연승도 없었어"라고 너스레를 떨었다. 더그아웃 뒤 복도에는 긴장한 선수를 위해 우황청심환이 준비되어 있었지만 손대는 사람은 아무도 없었다.

경기도 편안하게 풀어갔다. 3차전까지 침묵하던 박한이 선배가 펄펄 날았다. 2대 0으로 앞선 3회 솔로홈런을 터뜨렸다. 사흘 만에 선발 등판한 두산의 마지막 희망 리오스를 3이닝 만에 내려보낸 결정타였다. 8회 만루 기회에서 싹쓸이 2루타를 터뜨려 승부를 가른 선수도 박한이 선배였다.

나는 그 즈음부터 몸을 풀었다. 점수차가 어떻게 되건, 마지막 투수로 나간다는 통보를 받았다. 8회말에 마운드에 올랐다. 8대 1로 앞선 상황이었지만 방심하지 않았다. 우승 직전이라고 흥분하지도 않았다. 아무 생각하지 않고, 남은 힘을 모두 짜내 갑용이 형의 미트를 향해 전력으로 던졌다. 다른 건 아무 것도 보이지 않았다. 그래서 난 지금도 그 경기에서 상대한 타자들이 잘 기억 안 난다.

8회말을 무사히 마치고 들어오니 더그아웃이 분주했다. 뒤쪽 복도는 샴페인과 우승 티셔츠, 우승 기념 플래카드, 시상식 용품을 나르는 사람들로 발 디딜 틈이 없었다. 평소 같으면 불평불만이 터질 상황이었지만, 이미 모두 소풍 가는 초등학생 얼굴들이었다.

9회말 2아웃. 장원진 선배가 초구로 던진 몸쪽 꽉 찬 직구를 쳤다. 쉬운 뜬 공임을 직감했다. 순간 다음 동작을 고민했다. TV로 본 한국시리즈 마지막 순간에는 투수가 뛰어올라 포수의 품에 안겼던 것 같았다. 나도 그래야겠다고 생각했다. 그런데, 3루수 조동찬이 갑자기 급하게 뒷걸음질을 쳤다. 가슴이 내려앉으려 했다. 다행히 조금 균형을 잃은 상태에서도 동찬이는 뜬 공을 놓치지 않았다. 30분 같았던 3초가 지나고, '아 이제 갑용이 형한테 점프해서 안겨야겠구나'라는 생각을 하며 몸을 돌리는 순간, 이미 나를 향해 점프한 갑용이 형의 큰 덩치가 보였다. 우승 순간, 뛰어오른 포수를 밑에서 받친 투수는 아마 처음이었을 거다. 갑용이 형은 무거운 사람이었지만 그 순간만큼은 깃털 같았다. 우리는 이 장면으로 연말 포토제닉상을 휩쓸었다.

나는 한국시리즈 MVP도 받았다. 전혀 예상을 못했었기에 멍하니 시상대 위에 섰다. 지만이와 오준이 형, 영수 형이 쏟아 부은 차가운 샴페인에 옷이 다 젖어도 정신을 차릴 수가 없었다. 구름 위에 뜬 기분이었다. 경기 후 인터뷰에서, 아버지가 몇 년 생이시냐는 질문을 받았는데 그게 기억이 안 날 정도였다. 나중에 기자분들이, 그날처럼 많이 웃는 나를 처음 봤다고 했다. 뒤풀이는 숙소 근처 나이트클럽에서 열렸다. 모두들 코가 비뚤어지도록 마시고 춤추고 소리 질렀다. 한 선배가 그랬다.

"한국시리즈 우승하면 좋은 것 중에 하나가 뭔지 아냐? 술 취해서 당당하게 숙소 정문으로 들어가도 된다는 거야!!"

그날 밤, 아니 새벽의 마지막 기억은 4차로 들른 김치찌개집이다. 지만이와 둘이서 소주잔을 기울이며 여운을 즐겼다.

안타깝지만 숙소 정문을 어떻게 통과했는지는 기억이 잘 안 난다. 꿈같았던 하루, 아니 한 시즌이 그렇게 몽롱한 행복으로 끝났다.

한국시리즈 우승의 순간. 이때의 사진으로 갑용이 형은 2005 골든글러브 골든포토상을 받았다.

이승엽 선배와 맞대결

데뷔 첫 해의 한국시리즈가 끝나고 이제 한동안 편하게 쉬는 줄 알았다. 천만의 말씀이었다. 한 · 일 · 대만의 리그 우승팀과 중국대표팀이 맞붙는 '코나미컵' 첫 대회 개막이 바로 20일 뒤였다.

우승 다음 날 곧장 대구로 내려가 훈련에 돌입했다. 우승 기념 축승회도 코나미컵 이후로 미뤄졌다.

대구에만 머무를 수도 없었다. 10월의 마지막 날 서울에서 정규시즌 시상식이 있었다. 그때는 시상식 당일에 기자단의 현장 투표로 수상자를 결정했다. 구단 홍보팀 직원분들이 마치 국회의원 후보자의 홍보 자료처럼 생긴 유인물을 기자들에게 돌리고 있었다. 배영수 형은 마치 선거운동원으로 임명받은 것처럼 큰 소리로 외쳤다.

"오승환 잘 부탁합니다."

나는 신인왕에 선정됐다. 혹자는 MVP 수상 가능성을 거론하기도 했지만 말도 안 되는 이야기였다. MVP는 내 예상대로 손민한 선배가 받았다. 포스트시즌에 오르지 못한 팀에서 MVP가 나온 건 최초였다. 손민한 선배의 인상적인 소감이 우승이 결정되던 순간의 감격을 다시 한 번 떠올리게 했다.

"MVP 트로피와 한국시리즈 우승 반지를 바꿀 수 있다면 바꾸고 싶습니다."

다시 경산으로 내려가 일주일 동안 훈련한 뒤 도쿄로 떠났다. 도쿄에 가보는 건 처음이었다. 그 밖에도 처음인 건 아주 많았다. 도착 당일, 선수단 환영만찬이 열렸다. 자리를 잡고 앉아 있는데, 입구 쪽에서 카메라 플래시가 폭죽처럼 터졌다. 선동열 감독님이 이승엽 선배와 포즈를 취하고 있었다. 이승엽 선배의 실물을 본 건 그날이 처음이었다. 일본시리즈에서 맹타를 휘둘러 지바 롯데를 우승으로 이끈 이승엽 선배는 곧장 이틀 뒤 개막전에서 친정팀 삼성과 맞붙게 되어 있었다.

다음 날 도쿄돔에서 공식 연습이 열렸다. 당연히 도쿄돔도 처음이었다. 지붕을 덮고 있는 흰색 천, 밖으로 빠져나가지 않고 실내를 감돌며 울리는 소리, 검은색 백스크린까지 돔구장은 모든 게 낯설었다. 우리 다음으로 연습시간이 잡힌 지바 롯데 선수들이 반대쪽 더그아웃에 들어왔다. 이승엽 선배는 마치 우리 팀 선수처럼 박흥식, 류중일 코치님과 수다를 즐기고 있었다. 해외 무대에서 뛰는 건 얼마나 낯선 느낌일지 그때는 상상이 되지 않았다.

아직 일본 야구와 격차가 뚜렷하다고 생각하던 때다. 우리는 1차전 내내 지바 롯데에게 끌려갔다. 나갈 일이 없겠다고 생각하고 있었는데, 7회쯤 몸을 풀라는 지시가 떨어졌다. 의아해하며 전광판을 봤더니 8회 지바 롯데의 선두타자가 이승엽 선배였다.

TV로만 보던 선수를 직접 상대하는 느낌은 묘했다. 그래도 내 공에 달라질 건 없었다. 초구는 바깥쪽 낮은 직구로 스트라이크. 2구째는 슬라이더를 몸쪽으로 붙여 2루수 뜬공을 유도했다.

나는 이승엽 선배만 잡아내고 곧장 교체됐다. 국내 야구팬들을 위한 일종의 서비스였던 셈이다.

우리는 결승전에서 다시 지바 롯데에게 져 준우승을 차지했다. 준우승의 아쉬움보다, 이제 정말 쉴 수 있겠다는 안도감이 더 크지 않았다고 하면 거짓말이다.

귀국하자마자 한국시리즈 우승 포상금을 받았다. 'A급 활약'을 펼쳤다고 분류된 내 통장에는 1억 원이 찍혔다. 연봉의 다섯 배를 보너스로 받은 셈이다. 연봉도 225퍼센트나 올라 6,500만 원이 됐다. 2년차 선수 연봉 최고액 기록이었다. 생각지 못한 거액에, 뭘 할까 잠시 고민하다가 미뤄뒀던 숙제를 풀기로 결심했다.

어릴 때부터 치아가 약했던 나는 양쪽 아래 어금니가 깨지고 없었다. 프로 입단 전에는 잔해만 남은 어금니를 아예 뽑아버렸다. 어금니가 있어야 할 자리가 구멍 난 채 한 시즌을 치렀다. 그야말로 이 없이 잇몸으로 버틴 셈이다. 임플란트 시술을 받고 새 이빨 두 개를 얻었다.

팀 전체의 눈빛이 달라졌다

곧 새 어금니를 악물어야 할 시간이 닥쳤다.

사상 처음으로 야구 강국들이 프로선수까지 포함한 대표팀을 꾸려 맞붙는 '월드베이스볼클래식'(WBC)에 대한 관심이 조금씩 고조됐다. 12월말에 발표된 우리 대표팀 19명의 최종명단에는 내 이름도 들어 있었다. 1월초 유니폼 발표회 때 대표선수 전원이 모였다. 박찬호, 김병현, 서재응, 봉중근, 최희섭 선배 등 TV로만 보던 메이저리거들과 같은 유니폼을 입고 있으니 오랜만에 가슴이 뛰었다.

게다가 잠시 후에는 심장박동이 더 빨라질 상황이 벌어졌다. 그냥 대회에 임하는 각오만 밝히면 되는 기자회견인 줄 알았는데, 유니폼 모델처럼 워킹까지 선보여야 한다는 게 아닌가. 카메라 플래시 사례

속에 런웨이를 걷는데, 얼굴이 시뻘게진 게 느껴졌다.

1월 중순 시작된 팀의 괌 전지훈련에서, 대표팀에 뽑힌 배영수 형과 나는 WBC 공인구로 훈련하며 감을 익혔다. 2월 19일, 후쿠오카에 대표팀이 소집됐다. 대표팀에서 유일하게 나보다 어린 전병두는 나중에 도착할 예정이어서, 현장에서는 내가 막내였다. 짐을 찾아 버스에 옮겨 싣고, 숙소에 도착한 다음에는 짐을 내리고, 선배들 방에 나르는 것까지, KBO에서 파견된 매니저분과 둘이 함께 분주하게 뛰어다녀야 했다.

첫 훈련을 마친 다음 날, 호텔 2층의 큰 방에 대표팀을 위한 아침식사가 차려져 있었다. 식사를 하다가 구석을 보니 세탁을 마친 우리 팀 전체의 유니폼과 운동복들이 놓여 있었다. 생각해 보니 선배들의 빨래를 각 방까지 배달하는 것도 내가 할 일이었다.

물론 대표팀 막내 생활이 힘들기만 했던 건 아니었다. 선배들은 다들 너무 잘 챙겨주셨다. 박찬호 선배는 후배 투수 모두에게 신발을 사주셨다. 홍성흔, 봉중근, 김병현 선배가 그렇게 재미있는 사람이라는 걸 그때 처음 알았다. 특히 기억에 남는 건 서재응 선배였다. 나는 여행가방을 꼼꼼하게 챙기는 편이 아니다 보니, 로션을 빼놓고 온 걸 뒤늦게 알았다. 그래서 옆방의 재응 선배에게 로션을 빌렸는데 다음 날, 노크 소리에 문을 열어보니 재응 선배였다. 스킨-로션 세트를 사들고 오셨다.

"대회 오래 갈 건데, 없으면 불편할 거야."

정말 감동했다. 지금도 1회 WBC를 함께 한 선배들과는 돈독한 친분을 유지하고 있다.

재응 선배는 대회 기간이 길어질 거라 했지만, 처음부터 그렇게 생각하는 사람이 많은 것 같지 않았다. 다들 말은 하지 않았지만, '조 2위 2라운드 진출'이 현실적인 목표라고 느끼는 듯했다. 2000년 시드니올림픽에서 마쓰자카가 등판한 일본을 누르고 동메달을 딴 적도 있었지만, 그때 일본팀의 주축은 사회인 야구 선수들이었다. 아직 한국 야구가 일본의 '프로 최정예'를 넘어서기는 힘들 것이라는 게 지배적인 인식이었다. 불과 3년 전, 아시아선수권에서도 우리는 일본에 완봉패를 당해 아테네 올림픽 출전권 획득에 실패했었다.

대표팀의 분위기가 확 바뀐 건 2월 22일 아침이었다. 일본 스포츠신문들에, 간판스타 이치로의 얼굴이 대문짝만 하게 실려 있었다. '日本'과 '30年' 같은 글자가 눈에 띄었다. 일본 생활을 해본 선배들이 뜻을 말해줬다.

"상대가 앞으로 30년 동안 일본을 이길 수 없다고 생각하게 만들어 주겠다."

팀 전체가 분노했다. 모두의 눈빛이 달라졌다. 대표팀이 '진짜 팀'이 된 순간이었다.

우리 팀의 첫 상대는 타이완이었다. 사실상 2라운드 진출 여부를 결정할 일전이었다. 경기의 중요성만큼 막판까지 긴장감이 이어졌다. 나는 6회쯤부터 슬슬 몸을 풀었다. 서재응, 김병현 선배에 이어 2 대 0으로 앞선 7회 박찬호 선배가 마운드에 올랐다. 8회와 9회에도 박찬호 선배가 마운드를 지켰다. 나는 정대현 선배와 함께 계속 불펜에서 몸을 풀며, 아슬아슬한 리드를 지켜가는 박찬호 선배의 투구를 감상했다. 9회말 2아웃 1, 3루 위기를 맞았지만 유격수 박진만 선배가 환상적인 슬라이딩 캐치로 승리를 지켰다. 내게 등판 기회가 오지는 않았지만 아쉽지 않았다. 메이저리거 3명을 총동원해 꼭 이기고 싶었던 김인식 감독님의 의지는 우리 모두의 마음이었으니까.

중국과의 2차전은 국내파 투수들이 책임졌다. 나는 9회에 등판해 10대 1의 대승을 마무리했다. 그날 밤, 예상대로 일본이 타이완을 꺾으며 우리와 일본의 2라운드 진출이 확정됐다. 일본 TV에서는 일본-타이완전에 이어 기자회견까지 라이브로 전했다. 우리는 통역이 전해주는 *오 사다하루 감독과 승리투수 *마쓰자카의 말을 들었다.

"내일 한국도 무조건 꺾겠다."

"한국이 일본에 이길 수 없다고 느끼게 하겠다. 벤치에서 목이 쉬도록 응원하겠다."

결전의 날, 내빈 소개 때 경기장이 술렁였다. 일본 왕세자 부부가 도쿄돔을 찾았다고 했다. 선동열 감독님이 현역으로 일본에서 뛰시던 시절의 요미우리의 감독 나가시마 전 감독의 모습도 전광판에 비쳤다. 아무리 봐도 단순한 '순위 결정전'으로 끝날 경기가 아니었다.

오 사다하루
일본 야구의 전설이자 홈런타자의 대명사. 현역 시절 무려 868개의 홈런을 날려 세계 프로야구 통산 최다홈런 기록을 보유하고 있다. 왼쪽 다리를 높이 들었다 놓고 치는 이른바 '외다리 타법'으로도 유명하다. 은퇴 이후 요미우리와 다이에(이후 소프트뱅크) 호크스 감독을 거쳤다. 2006년에는 월드베이스볼클래식 일본 대표팀 지휘봉을 잡고 우승으로 이끌었다. 2009년 소프트뱅크 감독직에서 물러난 뒤 현재 구단 이사회 회장을 맡고 있다.

마쓰자카 다이스케
일본 야구 역사상 최고의 스타 중 한 명. 1998년 고시엔 고교야구대회에서 요코하마 고교의 우승을 이끌며 전국구 스타가 됐다. 당시 8강전에서 17이닝 동안 무려 250개의 공을 던지고, 결승전에서 노히트노런을 기록하는 초인적인 활약을 펼쳤다. 세이부 라이온스에 입단한 뒤 1999년 신인왕과 다승왕, 골드글러브, 베스트9을 휩쓸었다. 이후 3년 연속 다승왕, 2년 연속 탈삼진왕, 2001년 일본 최고의 투수에게 주어지는 사와무라상을 차례로 수상했다.

기적은 그리 멀지 않았다

투지로 가득했던 우리의 마음과 달리, 경기는 객관적 예상대로 어렵게 흘러갔다. 1회부터 2점을 빼앗겼고 4회에도 2아웃 만루 위기에 몰렸다. 봉중근 선배의 직구가 가운데 높은 쪽에 몰렸다. 니시오카의 방망이가 매섭게 돌아갔다. 총알 같은 타구가 우익선상으로 날아갔다. '끝이다' 하는 순간, 우익수 이진영 선배가 몸을 날렸고 선배가 치켜든 글러브 속에 놀랍게도 공이 들어 있었다. 들끓던 도쿄돔이 일순간 침묵에 빠졌다. 몇몇 일본팬들의 탄성과, 우리 더그아웃의 함성만 들렸다.

이종범 선배가 경기 전에 한 말이 있다.

"와타나베 공, 맞아도 안 아프다. 무조건 바짝 붙어라."

던지는 손이 땅을 스치듯 나오는 일본의 선발투수 와타나베는, 세계에서 가장 낮은 곳에서 공을 던지는 투수이자 가장 공이 느린 투수 중 한 명이었다.

모두의 마음이 하나가 되어 몸을 사리지 않겠다는 각오가 5회초 추격을 가능케 했다. 노아웃 1루에서 조인성 선배가 정말로 몸쪽 공을 그대로 서서 맞았고, 이어진 이병규 선배의 희생플라이로 한 점을 따라붙었다. 계속된 2아웃 1, 3루. 전날 홈런 두 방을 쳤던 이승엽 선배가 타석에 들어섰다. 이승엽 선배는 대회가 끝나면 도쿄돔의 주인 요미우리 자이언츠의 중심타선에 포진될 예정이었다. 우리나라뿐만 아니라 일본 언론의 스포트라이트도 대회 내내 이승엽 선배에게 집중됐다. 결정적 기회에서, 이승엽 선배는 삼진으로 물러났다. 나중에 이보다 더 결정적인 순간이 있을 거라는 걸 모르고, 그때는 한숨만 쉬었다.

투수들도 더 힘을 냈다. 4회부터는 안타를 맞지 않았다. 7회말 배영수 형의 초구가 이치로의 엉덩이를 강타했다. 선두타자를 출루시켰으니 긴장감이 감돌 법도 했지만, 대표팀 투수코치를 맡아 마운드로 올라간 선동열 감독님이나, 포수 조인성 선배, 교체돼 내려오는 배영수 형 모두 미소를 짓고 있었다. 새 투수 구대성 선배 역시 같은 표정이었다.

구대성 선배의 뒷모습을 보며, 나는 더그아웃을 떠나 불펜으로 갔다. 왼손 투수인 구대성 선배 다음으로 등판하는 건 오른손 투수일 테니까. 박찬호 선배가 먼저 불펜에서 몸을 풀고 있었다.

도쿄돔의 불펜은 더그아웃 뒤쪽 복도로 한참 들어가야 하는 조용한 곳이다. 야구장 소리는 거의 들어오지 않는다. 나와 박찬호 선배의 공이 미트에 꽂히는 소리만 적막한 불펜을 채웠다.

그래서 한국 야구사 최고의 순간 중 하나인 그 경기의 클라이맥스가, 내게는 소리가 나오지 않는 불펜 모니터로 본 장면들로 남아 있다. 8회초 1아웃 뒤 이종범 선배의 중전안타, 일본 좌완투수의 슬라이더에 움찔하며 물러났던 이승엽 선배, 그 몸짓에 또다시 슬라이더를 주문한 일본 포수 아베, 기다렸다는 듯 번개처럼 돌아간 이승엽 선배의 방망이. 총알처럼 날아가 우측 관중석에 꽂힌 타구. 그리고 불펜이 떠나가라 괴성을 지른 나와 박찬호 선배.

이번에도 승리를 지킨 사람은 박찬호 선배였다. 나는 만약의 사태에 대비해 계속 불펜에 머물렀지만 그런 일은 생기지 않았다. 박찬호 선배가 마지막 타자 이치로를 3루수 뜬 공으로 잡아내는 순간, 나는 불펜을 박차고 뛰어나갔다. 이미 모두가 마운드 근처에서 얼싸안고 한 덩어리가 되어있어 내가 비집고 들어갈 틈이 없었다는 게 아쉬울 뿐이었다. 조 1위 한다고 떡 주는 것도 아닌데 다들 너무 좋아한다고 우리끼리 웃었다. 1위 메리트가 아예 없는 건 아니었다. 다음 날 밤, 2라운드가 열릴 미국으로 떠났다. 나리타공항에 도착해 난생 처음 전세기라는 것에 올랐다. 조 2위인 일본은 우리보다 한 시간 늦게 출발한다고 했다.

"조 1위 할 만하네!!"

왁자지껄하던 우리는 이륙하자마자 긴장이 풀렸다. 승자의 단잠에 빠져 태평양을 건넜다

난생 처음 밟아본 미국 땅에서, 대표팀 막내들의 삶은 조금 더 편해졌다. 호텔 세탁소에서 세탁한 빨래를 막내들이 각 방으로 배달한 일본과 달리, 미국에서는 훈련이나 경기가 끝난 뒤 클럽하우스에 세탁물을 벗어두면 다음 날 깨끗이 세탁돼 각자의 라커에 걸려 있었다. 대표팀 숙소는 피닉스 인근의 3성 호텔이었다. 나로서는 수영장도 있는 좋은 호텔에서 1인 1실을 쓴다니 황송할 노릇이었지만, 메이저리거 선배들은 조금 아쉬운 눈치들이었다. 메이저리그 팀들은 여기보다 훨씬 좋은 호텔만 이용한다고 했다.

도착 다음 날은 휴식일이었다. 며칠 만에 금방 친해진 김병현 형이 근처에 자기 집이 있다며 같이 가자고 했다. 병현이 형의 차를 타고 가보니 영화에서 보던 멋진 미국식 저택이 나왔다. 내부는 완전히 한국식이었다. 거실에는 한국 만화책과 DVD가, 냉장고에는 집 반찬이 가득했다. 실컷 먹고 떠들고 만화를 읽고 있으니 밤이 깊었다. 아예 병현이 형네에서 자고 다음 날 아침에 숙소로 돌아왔더니 피로가 싹 풀린 느낌이었다.

1라운드에서 전승으로 1위를 했지만, 우리 팀에 대한 평가는 여전히 박했다. 미국과 일본, 멕시코와 같은 조에서 우리 팀은 최하위 후보로 꼽혔다. 우리는 또다시 예상을 뒤엎으며 출발했다. 2라운드 첫 경기에서 직전 시즌 메이저리그에서 15승을 수확한 투수인 로드리고 로페스가 선발로 나온 멕시코를 2대 1로 눌렀다. 팀의 분위기는 최고였다. 내가 던질 기회가 좀처럼 오지 않는 게 유일한 아쉬움이었다. 이번에도 9회말 1점차 리드를 지킨 투수는 박찬호 선배였다. 나는 10일째 개점휴업 중이었다.

'나도 할 수 있는데….'

처음으로 약간 조바심이 생겼다.

그날 경기 후 선동열 감독님이 투수들을 모으셨다.

"찬호는 내일 미국전에 안 나간다. 모레 일본전 선발이다. 내일 경기는 막판 상황에 따라 대현이랑 중근이, 승환이가 준비한다."

경기 전, 연습 때 처음 본 세계 최강 미국 팀의 첫 인상은 '크다'였다. TV로 가끔 본 얼굴들이 수많은 취재진의 머리 위로 삐죽 솟아올라 움직이고 있었다. 그때까지 메이저리그를 챙겨보지 않아서 이름들은 생소했지만, 덩치만으로도 압도적이었다. 우리 팀의 유일한 빅리그 타자 최희섭 선배를 처음 보고 거인 같다고 생각했었는데, 저쪽에는 최희섭 선배보다 더 큰 선수들이 즐비했다. 내가 우리 팀에서 키가 제일 작아서, 유독 키만 살핀 거라고 생각하진 마시길.

우리 선발투수는 손민한 선배였다. 손민한 선배는 투구란 덩치가 아닌 머리로 하는 거라는 걸 보여줬다. 선배 특유의 지저분한 공으로 세계 최고의 타자들을 한 명씩 끌어들였다. 고등학교 때부터 7년 동안 배터리로 호흡을 맞춘 진갑용 형과의 궁합도 환상적이었다. 특히 세계 최고의 타자라는 알렉스 로드리게스와 승부는 압권이었다. 초구로 던진 바깥쪽으로 떨어지는 포크볼에 방망이가 따라 나왔다. 갑용 형의 성향을 잘 아는 나는 속으로 생각했다. '2구도 포크볼'. 똑같은 곳에 똑같은 궤적의 포크볼이 날아가 꽂혔고 방망이는 또 헛스윙. 갑용 형은 원래 상대 타자가 어떤 구질이나 코스에 약점을 드러내면 집요하게 똑같은 공을 요구한다. 당연히 3구도 포크볼. 약속한 듯 또다시 헛스윙. 절로 탄성이 나왔다.

우리 타선은 '빅볼'로 '빅볼의 원조'를 무너뜨렸다. 이승엽 선배가 1회 선제 2점 홈런으로 4경기 연속 홈런을 기록했고, 최희섭 선배가 5회 3점 홈런으로 쐐기를 박았다.

이 모든 장면을, 나는 왼쪽 담장 너머에서 봤다. 구원투수들이 대기하고 몸 푸는 불펜이 그쪽에 있었다. 난생 처음 가본 메이저리그 구장의 불펜은 널찍한 쉼터 같았다.

근처 관중석에는 우리 교민들로 가득했다. 선배들이 한 명씩 몸을 풀러 일어날 때마다, 이름을 연호하며 힘을 주셔서 마치 우리 홈경기 같았다. 응원의 힘을 등에 업은 구원투수들은 마운드에 올라갈 때마다 호투를 거듭했다. 4회부터 8회까지 1점도 주지 않았다. 8회에 마운드에 오른 정대현 선배가 7대 1로 앞선 9회에도 마운드에 올랐다. 평화롭게 경기가 끝날 분위기에서, 정대현 선배가 조금 흔들렸다. 안타 3개를 연속으로 맞고 한 점을 내줬다. 선 감독님이 마운드에 올라가면서 불펜의 전화가 울렸다. 나와 중근이 형에게 몸을 풀라는 지시였다. 정대현 선배가 알렉스 로드리게스에게 1루 땅볼을 유도해 2아웃. 다시 선동열 감독님이 더그아웃에서 걸어 나왔다. 중근이 형이 연습투구를 하는 마운드는 안쪽, 나는 그라운드 쪽이었다. 펜스 너머로 목을 쭉 빼고 선동열 감독님의 교체 신호를 보고 있으려니 선동열 감독님이 오른손을 들었다. 오른손투수, 즉 내가 나오라는 뜻이었다. 그라운드까지는 불펜 문을 열고 경사진 길이 한 바퀴 돌아내려가야 했다. 길을 내려가는 동안 위쪽 난간에 기댄 교민분들은 목청이 터져라 "오승환 화이팅!!"을 외치고 있었다. 타국에서 만난 응원단 앞을 지나가는 동안 점점 심장 박동이 빨라졌다.

남은 아웃카운트는 하나. 타자는 치퍼 존스였다. 그때는 그 선수가 야구 역사상 가장 위대한 스위치타자 중 한 명인 줄 몰랐다. 불펜에서 볼 땐 그저 '타석마다 우리 투수들의 유형이 다 달라서, 양쪽 타석을 오가며 상대하느라 고생이 많다'는 생각뿐이었다. 나도 내 직구로 고생시켜줄 자신이 있었다.

초구가 몸쪽 가장 깊은 구석에 꽂혔다. 1스트라이크. 나도 모르게 어깨에 힘이 들어간 듯했다. 볼 2개가 갑용 형의 미트와 다른 곳으로 날아갔다. 갑용 형이 타임아웃을 부르고 마운드로 올라 왔다. "한 방 맞아도 2점차야. 그냥 가운데 보고 가자"

존스도 내가 가운데 직구를 꽂을 걸 짐작했을 거다. 하지만 스윙이 조금 빨랐고 타자 몸에 맞는 파울이었다. 직구에 스윙이 빠르다는 건, 오직 직구만 노리고 있다는 뜻이다. 다른 걸 던져야 한다. 갑용 형도 슬라이더 사인을 냈다. 조금 높아 아차 싶었지만, 우리 짐작대로 직구만 노리고 있던 존스의 균형이 완전히 무너졌다. 헛스윙! 주먹을 불끈 쥐고 하늘로 뻗었는데, 갑용 형 미트로 들어갔던 공이 빠져나왔다. 평소 같으면 재빨리 공을 1루로 던졌을 갑용 형이, 아깝다는 몸짓만 했다. 낫아웃이 아니라 방망이 끝에 살짝 스친 파울이었다. 조금 쑥스러웠던 기분을 떨치고, 다시 한 번 직구를 던졌다. 앞선 공에 타이밍이 흐트러진 존스는 힘 있는 스윙을 하지 못했다. 힘없는 땅볼을 잡은 2루수 김민재 선배가 1루로 던져 승리를 마무리했다. 더그아웃에 있던 선배들까지 마운드로 달려 나왔다. 모두 괴성을 지르며 하이파이브를 나눴다. 이기면 한국 야구사 101년 최대의 기적이랬다. 기적은 가깝진 않을지 몰라도 생각만큼 멀지 않을 수 있다.

가장 짜릿했던 세이브의 여운

딱 한 타자를 상대해 공 6개를 던졌을 뿐이지만, 미국전 내 피칭은 코칭스태프의 나에 대한 믿음을 높여준 듯했다. 김인식 감독님은 마지막 일본전을 앞둔 기자회견에서 "박찬호를 일본전 선발투수로, 오승환을 마무리투수로 기용한다"고 발표하셨다.

두 번째 한일전의 중요성은 도쿄에서와는 비교가 되지 않았다. 미국에게 이미 1패를 당한 일본에게는 벼랑 끝 승부였다. 우리는 2연승으로 유리한 위치에 있었지만 7점 이상의 차이로 지면 준결승에 오르지 못할 수도 있다고 했다.

경기 시작 세 시간 반 전에 도착한 에인절스 스타디움은 그냥 잠실구장이었다. 꽹과리 장단이 울려 퍼졌고, 국내 야구장처럼 막대풍선 소리가 귀청을 때렸다. 일본 팀이 쓰는 3루쪽 더그아웃 근처만 제외하고는 일본을 응원하는 사람을 찾기 힘들었다. 나중에 들어보니 LA 코리아타운의 상점들이 그날 오후 다 문을 닫았다고 했다. 경기 전 애국가가 울릴 때 목이 메었다.

팽팽한 투수전이었다. 피 말리는 0의 행진이 막판까지 이어졌고 양 팀 투수들은 모두 젖 먹던 힘을 다해 최고의 공을 던졌다. 대회 내내 실책이 하나도 없던 우리 철벽 수비진도 0의 행진에 일조했다.

이번에도 이진영 선배였다. 3회 2아웃 2루 위기에서 사토자키의 우전안타가 터졌다. 2루주자 이와무라의 스타트가 빨라 잡기 힘들 것 같았다. 절대 잡을 수 없을 것 같던 도쿄돔에서처럼. 진영 선배의 송구가 원바운드로 포수 조인성 선배의 미트에 꽂혔다. 태그한 뒤 한 바퀴 돈 조인성 선배가 공을 치켜들었다. 주심의 아웃 신호에 박찬호 선배가 어퍼컷을 날렸다.

승부를 가른 건 주장 이종범 선배의 한 방이었다. 아니, 그전에 김민재 선배의 도박이 있었다. 8회 선두타자로 나와 우전안타로 김민재 선배가 출루한 뒤, 이병규 선배의 중전안타가 터졌다. 중견수가 공을 잡는 순간, 김민재 선배가 2루를 돌았다. 나뿐만 아니라 우리 팀 모두의 가슴이 철렁했다.

'뛰면 안 되는데!'

예상대로 김민재 선배보다 한참 먼저 송구가 3루에 도착했다. 3루수 이마에가 태그를 했고, 심판이 아웃을 선언하는 듯하더니 갑자기 세이프로 바꿨다. 더그아웃에서는 왜 이런 판정이 나왔는지 의아해했지만, 불펜에 있던 우리 구원투수들에게는 이마에가 태그하면서 떨어뜨린 공을 재빨리 수습하던 절박한 몸짓이 똑똑히 보였다.

일본이 투수를 교체해, 한신의 마무리투수 후지카와 규지가 올라왔다. 원래 관심이 있던 일본선수 중 한 명이었다. 후지카와의 직구는 속도도 빨랐지만 끝에서 죽지 않고 살아오는 느낌이 일품이었다. 공의 회전이 만들어내는 공끝 움직임을 중요하게 생각하는 내게 매우 인상적이었다.

잠시 스트레칭을 멈추고 후지카와와 이종범 선배의 대결을 뚫어져라 지켜봤다. 2스트라이크에서 3구째를 맞춘 타구가 이종범 선배의 정강이를 때렸다. 보는 내 입에서 절로 '악' 소리가 났다. 한참 고통스러워하던 이종범 선배는 간신히 다시 타석에 들어섰다. 순간 우리가 경기하고 있는 이 큰 경기장이 무등경기장인 것만 같았다.

"이! 종! 범! 이! 종! 범!"

아픈 다리로 스윙을 버틸 수 있을까 걱정하고 있는데, 선배가 공을 쪼갤 듯 방망이를 휘둘렀다. 후지카와의 빠른 직구가 그보다 더 빠른 스윙에 걸려들었다. 총알 같은 타구가 유격수 키를 넘어 좌중간을 갈랐다. 2점을 얻었고, 이종범 선배는 3루까지 내달렸다가 야구 역사상 '가장 환한 웃음의 주루사'를 당하고 더그아웃으로 포효하며 들어갔다.

나는 몸을 풀기 시작했다.

한일전이 쉽게 끝날 리가 없었다. 대회 내내 우리 투수진의 버팀목 역할을 했던 구대성 선배가 9회에 흔들렸다. 선두타자 니시오카에게 홈런을 맞았고, 원아웃 뒤 마쓰나카에게 우전안타를 허용했다. 대타로 오른손타자 아라이가 나오는 걸 확인한 선동열 감독님이 마운드로 올라오시더니 멀리 불펜을 향해 오른손을 들어 보였다. 옆에서 몸 풀던 봉중근 선배가 그라운드로 나서는 내 엉덩이를 두들겼다. 내 인생 가장 절박하고 중요한 세이브를 위해, 마운드로 뛰어갔다.

초구가 바깥쪽 코너에 꽂혔지만 판정은 볼. 2구는 조금 더 가운데 쪽으로 밀어 넣었다. 아라이의 방망이가 허공을 갈랐다. 3구는 초구와 똑같은 코스, 볼이었다.

1루에서 대주자 아오키가 춤을 추고 있었다. 하지만 내 이상한 폼은 타자뿐만 아니라 주자도 뛸 타이밍을 잡기 쉽지 않다고 믿고 있었다. 1루는 어깨 너머로 슬쩍 보는 척만 했다. 온 신경은 조인성 선배의 미트에만 쏠려 있었다. 4구는 2구와 똑같은 코스. 이번에도 헛스윙이었다. 5구째는 슬라이더 사인이 나왔다. 꽤 잘 떨어졌는데 중심을 잃은 아라이가 간신히 커트를 해냈다. 6구째. 이번에도 슬라이

더 사인이었다. 미트는 조금 전과 달리 한가운데 입을 벌리고 있었다. 아라이가 변화구에 약하다는 전력 분석에 따른 승부구였다. 약간의 불안감을 떨쳐내고, 미트만 보고 슬라이더를 던졌다. 짧지만 예리하게 꺾인 공이 미트를 향했다. 아라이는 직구만 생각하고 있었던 듯했다. 공보다 훨씬 빨리, 방망이가 돌아갔다. 조인성 선배가 주먹을 불끈 쥐었다. 2아웃.

다음 타자 다무라를 상대로도 초구 슬라이더 사인이 나왔다. 내가 노렸던 곳보다 조금 높은 곳으로 날아갔다. 실투였다. 다무라가 조금 타이밍을 빼앗기긴 한 듯했지만, 방망이 중심에 맞는 소리가 들렸다. 정말 아찔했다. 한참 날아간 공은 다행히 파울 폴대 옆 관중석에 떨어졌다. 내 인생을 바꿀 뻔했던 역전 끝내기 2점 홈런이, 가장 위험했던 파울볼로 바뀌었다.

사인이 직구로 바뀌었다. 바깥쪽 낮은 구석으로 잘 제구된 공에, 방망이를 갖다 대기에 급급했다. 파울 플라이로 2스트라이크. 다음 공은 슬라이더 유인구, 이 공으로 승부를 끝내고 싶었지만, 너무 앞에 떨어졌다. 조인성 선배가 완벽한 블로킹으로 아오키의 진루를 막았다.

잠깐 뒤를 돌아보니 중견수 이종범 선배가 글러브를 벗어 오른손에 쥐고 흔들고 있었다. 수비 안 할 테니 삼진으로 끝내라는 뜻이었다. 이제는 내가 가장 자신 있는 공을 던지고 싶었다. 조인성 선배의 생각도 같았다. 나를 2005년 신인왕으로 만든, 아니 나를 인생의 가장 깊은 수렁에서 건져낸 그 공을 꺼냈다. 살아 고개를 쳐든 직구가 다무라의 스윙 위를 지나가는 순간, 나는 하늘로 날아올랐다.

우리는 우승한 것처럼 태극기를 들고 그라운드를 돌았다. 3루측 일본 더그아웃 앞은 피했다. 일본 선수들이 한 명도 클럽하우스로 들어가지 않고 우리를 노려보고 있었다. 마운드에 모여 마지막으로 하이파이브를 하고 내려가려는데, 서재응 선배가 들고 있던 태극기를 마운드에 꽂았다. 마운드 흙이 단단해서 잘 파지지 않는 듯 했지만 간신히 태극기 두 개를 꽂고 서재응 선배가 두 손을 치켜드는 순간, 1루쪽 파울라인 밖에 도열해 있던 우리는 박수갈채를 보냈다.

황홀했던 그날 밤의 옥의 티. 클럽하우스에서 간단한 맥주 파티가 열렸다. 나도 맥주 생각이 간절했건만 한 방울도 입에 못 댔다. 도핑 테스트를 받는 선수에 당첨됐기 때문이다. 도핑을 끝내고 나오니 이미 동료들은 숙소로 출발하고 없었다. 내 인생 가장 짜릿했던 세이브의 여운은 이제 나 혼자만의 것이었다.

우리는 다음 날 오전 샌디에이고로 이동했다. 도착해 체크인을 하고 방에서 쉬고 있는데 로밍해온 전화기에 문자가 쏟아졌다. 병역 혜택이 확정됐으니 축하한다는 내용들이었다. 솔직히 기분 좋았다. 한창 때 두 시즌을 더 뛸 수 있다는 것도 좋았고, 우리의 성취를 국가와 국민들로부터 인정받았다는 사실도 기뻤다.

미국에서 딱 세 타자를 상대했을 뿐인데, 과찬이 이어졌다. 미국 팀의 바렛이라는 선수는 "시속 170킬로미터인 줄 알았다"라고 호들갑을 떨었고, 벅 마르티네즈 감독은 지금 당장 MLB에서 통한다고 말했다. 과장인 줄은 알았지만, 기분이 나쁘지는 않았다. 그리고 우리가 일본을 꺾으며 기사회생한 미국 팀을 준결승에서 다시 한 번 만나고 싶었다. 한 번 더 보여주고 싶었다. 그래서 그날 저녁, 정말 의외로 미국이 멕시코에게 졌을 때 조금 실망했다. 선배들도 다들 똑같은 반응이었다.

"또 일본이야?!"

일본과의 4강 전이 열리기 전, 샌디에이고 펫코파크의 그라운드는 장터를 방불케 했다. 양쪽 파울라인 밖으로 엄청난 취재진과 내빈들로 발 디딜 틈이 없었다. 더그아웃에는 스태프들보다 연예인들이 더 많은 것 같았다. 하지만 우리의 마음은 들뜨지 않았다. 경기 전날 발생한 악재 때문이었다. 구대성 선배가 옆구리에 담이 들어 4강전에 던질 수 없게 됐다. 평생을 '일본 킬러'로 살아온 구대성 선배의 부재는 준결승 승부에 중요한 영향을 끼쳤다. 7회, 대거 5점을 허용했다. 만약이란 없다지만 구 선배가 있었다면…

아쉬움과 실망 속에서도 경기는 계속됐다. 6대 0으로 뒤진 9회, 마지막투수로 올라갔다. 미야모토와 니시오카, 이치로를 공 9개로 범타 처리했다. 패배가 확정됐지만 우리는 모두 더그아웃 앞으로 나가 모자를 벗고 팬들에게 감사를 전했다. 허망한 마음이 진정되지 않았다. 꿈같던 한 달간의 여정이 그렇게 끝났다.

귀국해서 곧장 대구로 내려갔다. 시즌 개막이 코앞이었다. 그래도 화제는 계속 WBC였다. 기자들이 "미국과 일본 투수들 중에 배우고 싶은 투수가 있었냐"고 물어봤다. 조금 생각하다가 "없다"고 답했다. 단기전이고 컨디션이 완벽하지 않은 상태들이라 기량을 확실히 알 수 없어서 그렇다는 말을 덧붙여야 했는데 말주변이 없어 빼먹었다. 그래서 졸지에 'WBC에서 배울 게 없었던 오승환'이 됐다. 보는 사람에 따라서는 건방지다고 느꼈을 것이다. 뒤늦게 밝히지만 절대 그런 뜻이 아니었다.

2006년 WBC의 작은 추억 하나 더. 준결승을 앞두고 일본의 선발 투수 우에하라의 말이 인상적이었다. 한국팬들의 열성 응원에 어떻게 대처할 거냐는 질문에 대한 답이었다.

"고시엔구장에서 한신과 원정경기를 치르면 팬들의 응원 때문에 구장이 실제로 흔들린다. 여기는 그 정도는 아니라서 괜찮다."

8년 뒤, 그 '지축을 흔드는 응원' 속에서 내가 던지게 될 줄이야.

OH SEUNGHWAN

3장

끝날 때까진 끝난 게 아니다

SHOH

22

아시아 최다 세이브 신기록

미국에서 받은 좋은 기운은 정규시즌에도 이어졌다. 겨울에 쉰 시간이 짧아도 공의 위력은 그대로였다. 달라진 것도 있었다. 갑용이 형이 어느 날 제안을 했다.

"니 세이브 너무 재미없다. 세리머니 같은 거 하나 만들어보자."

나는 쑥스러운 걸 못 참는 성격인 반면, 갑용이 형은 심심한 걸 못 참는 성격이다. 선배가 하자고 하면 해야 한다. 경기 전에 연습도 했는데, 형은 오른손을 부딪친 뒤, 집게손가락을 펴고 하늘을 찌르자고 했다. 처음에는 얼굴이 화끈거렸지만, 계속 하다 보니 무덤덤해졌다. 이후 8년 동안 하늘을 원 없이 찔렀다.

가끔, 안타 몇 방 맞고 고생 끝에 세이브를 하는 날도 있었다. 그럴 때면 갑용이 형이 피식 웃으며 하늘을 찌르려는 내 손가락을 주먹으로 딱 붙잡았다.

“쪽 팔린다 아이가. 뭐 잘했다고 찌르노.”

2006년 온 나라가 독일월드컵의 열기에 빠졌던 초여름에도 내 할 일을 계속 했다. 최소경기 20세이브 기록을 세웠고, 처음으로 팬 미팅이란 것도 해봤다. 올스타전에도 나갔다. 이번에는 정신 차리고 던져서 9회를 3탈삼진으로 마무리했다.

후반기에 접어들면서 주위에서 ‘아시아 프로야구 한 시즌 최다 세이브’ 이야기가 나오기 시작했다. 언제나 그렇듯, 처음에는 그냥 그런 게 있나 보다 했는데, 들어 보니 2005년 일본의 이와세가 세운 46세이브가 기록이라고 했다. 열심히 세이브를 쌓다 보니 어느새 기록이 코앞까지 와 있었다.

대구구장 왼쪽 외야 관중석 위에, 양준혁 선배의 ‘홈런 기록판’이 있었다. 이상하게도 양준혁 선배의 홈런이 하나씩 쌓이는 걸 보며, 나는 내 기록의 의미를 조금씩 의식하기 시작했다. 이제 나도 역사에 흔적을 남기는 사람이 되는 걸까.

9월 29일. 2위인 현대가 패하면서, 그날 경기가 없던 우리가 정규 시즌 우승을 확정했다. 나는 46세이브를 기록 중이었다. 남은 경기는 3경기.

삼성
갤럭시노트3
5
CHO
20
SAM SUNG
Lions
삼성

10월 1일 현대전에서 우리는 8회초 심정수 선배의 투런홈런으로 5대 0 리드를 잡았다. 승패의 의미가 없는 경기였고 세이브 상황도 아니었으니 내가 던질 일도 없어 보였다. 그런데 8회말에 분위기가 묘해졌다. 노아웃 1루에서 나온 병살타성 타구 때 1루수 조영훈이 2루수의 송구를 놓쳤다. 그리고 안타 두 개가 이어졌다. 두 번째 안타는 3루수 조동찬이 잡을 수도 있었던 실책성 안타였다.

졸지에 세이브 상황이 만들어진 것이다. 나중에 영훈이와 동찬이에게 "그때 기록 만들어줄려고 일부러 그런 거였냐"고 물어보니 절대 아니라고 딱 잡아떼긴 했다.

어쨌든 나는 네 타자를 모두 잡아내고 47번째 세이브를 올렸다.

아시아 신기록이라고는 했지만 원정 경기인데다 관중석도 텅텅 비어서 분위기는 영 살지 않았다. 선배들과도 여느 때 승리처럼 하이파이브 나누고, 더그아웃에 들어와 박수 한 번 받았다.

그래도 가슴 속에는 뭉클함이 가득했다. 야구인생의 바닥에서 꾸역꾸역 올라와 아시아 기록까지 세운 스스로가 대견했던 것 같다. 그라운드로 내려오신 어머니 아버지와 우리끼리 웃으며 기념사진을 찍었다.

우승은 돌부처도 춤추게 한다

2005년에는 한국시리즈를 앞두고 위경련으로 고생했다면 2006년에는 감기 몸살이었다. 한국시리즈 직전 닷새 동안 꼼짝을 못했다.

2년 연속 올라간 한국시리즈 1차전, 4대 0으로 앞선 8회 2아웃에서 마운드에 올랐다. 연습투구 때부터 불안했다. 직구의 회전과 움직임이 줄어든 게 확연히 느껴졌다. 첫 타자 데이비스의 총알 같은 타구가 외야로 날아갔다. 다행히 펜스 바로 앞에서 잡혔다. 9회에도 김태균, 이도형 선배에게 큼지막한 타구를 맞았다. 넘어가지 않은 게 행운이었다. 기록지 상으로는 깔끔했지만, 위태롭기 짝이 없는 세이브였다.

그날 밤, 한화 김인식 감독님의 말을 보고 뜨끔했다.

"오승환은 시즌 때보다 안 좋은 것 같다."

2차전은 일요일이었다. 아침부터 비가 오더니 조금씩 빗줄기가 굵어졌다. 결국 다음 날로 연기됐다. 준플레이오프부터 치르고 올라온 한화에게는 그야말로 단비였을 거다. 선배들은 불안해했다.

"2001년에도 이렇게 졌는데…."

1차전의 상승세를 2차전 우천취소로 이어가지 못하고 두산에게 역전패했다는 거였다. 선배들의 우려대로 우리는 2차전을 내줬다. 하지만 나는 솔직히 비가 반가웠다. 다음 날 이동일까지 사흘을 쉬면, 몸살로 엉망진창인 컨디션이 조금 좋아질 것 같았다.

그러나 웬걸. 3차전에서도 내 공은 맥 빠진 그대로였다. 3대 1로 앞선 8회에 올라갔다가 이범호 선배에게 안타를 맞았고, 심광호 선배에게 동점 투런 홈런을 내줬다. 모두 직구였지만 내 직구가 아니었다. 나는 8회가 끝난 뒤 교체됐다. 결국 우리 팀은 연장 12회까지 혈투를 치른 끝에 간신히 승리를 거뒀다. 정규시즌 때 네 번의 패배를 기록했지만, 그때만큼 화가 난 날은 없었다.

4차전도 연장 접전이었다. 10회초, 2005년의 영웅 재걸 선배가 또다시 2타점 적시타를 쳐냈다. 10회말, 정상적이었다면 내가 등판할 차례였지만 선 감독님은 8회부터 던진 영수 형을 그대로 밀어붙였다. 나라도 그럴 것 같았지만, 조바심이 났다. 영수 형이 김민재 선배에게 2루타를 맞았다. 그제서야 내 순서가 돌아왔다. 뭔가 보여주고 싶었다. 하지만 여전히 몸과 마음이 따로 놀았다. 2아웃을 잡아 놓고, 데이비스에게 볼넷을 내준 뒤 폭투까지 범했다. 2아웃 2, 3루 위기에 몰렸다. 감독님이 올라오셨다. 감독님이라고 무슨 뾰족한 할 말이 있겠는가. "자신 있게 던져."

다음 타자는 동갑내기 김태균이었다. 볼카운트 2볼-2스트라이크에서 바깥쪽 직구를 던졌다. 낮은 쪽 제구가 잘 됐다. 덩치와 달리 정교한 배트 컨트롤 능력을 갖고 있는 태균이가 방망이를 갖다 댔다. 빗맞은 타구가 원바운드로 내 머리 위를 넘어가려 하길래 있는 힘껏 점프했다. 타구가 글러브 끝에 살짝 스치면서 속도가 줄었다. 당겨 칠 것에 대비해 3유간 깊은 곳에 자리를 잡고 있던 박진만 선배가 황급히 뛰어왔다. 데굴데굴 구르는 공을 수습한 진만 선배는 언제 봐도 멋진 특유의 군더더기 없는 송구를 1루로 던졌다. 간발의 차로 아웃. 바닥까지 떨어지려 하던 간이 제자리로 돌아오는 느낌이었다.

5차전을 앞두고 이동일 하루를 쉬니 비로소 힘이 좀 나는 것 같았다. 1승만 남긴 우리가 우승할 거라고 생각했는지, 코나미컵을 중계 방송할 일본 방송사가 나를 비롯한 우리 팀 선수들을 인터뷰했다. 우리도 5차전에서 끝내고 싶었지만, 준플레이오프부터 혈투를 치르고 온 한화의 저력도 대단했다. 5차전도 또 연장전이었다. 세 경기 연속 연장전은 난생 처음이었다. 한국시리즈 역사에 없던 일이라고 했다. 나는 연장 10회초, 원아웃 1루에서 마운드에 올랐다. 첫 타자는 태균이였다. 1볼-1스트라이크에서 3구째 직구에 태균이의 방망이가 밀려 파울이 됐다. 이제 내 공의 위력을 되찾았다는 확신을 가진 순간이었다. 이후로는 거칠 게 없었다. 태균이를 2루 땅볼로 유도했고, 김인철 선배를 바깥쪽 직구로 헛스윙삼진으로 처리해 불을 껐다. 11회도, 12회도 세 타자씩을 깔끔하게 막아 냈다. 12회를 마치고 더그아웃에 들어오니 양일환 코치님이 더 던질 수 있겠냐고 물어봤다. 당연했다. 한국시리즈가 시작한 뒤, 그때만큼 몸이 좋았던 때가 없었다. 13회도 삼자범퇴. 14회에도 올라갔다. 첫 타자 한상훈 선배를 좌익수 뜬공으로 잡아냈다. 다음 타자는 3차전에서 홈런을 맞았던 심광호 선배였다. 설욕을 하고 싶었지만, 양일환 코치님이 올라오고 있었다.

"코치님, 저 더 던질 수 있습니다."

"내일 또 던질 지도 모르잖아. 수고했다."

4이닝 동안 투구수 64개. 지금까지도 내 프로 인생 최다 이닝이자 최다 투구수 기록으로 남아 있다.

오후 2시에 시작한 경기는 7시가 넘어도 끝나지 않았다. 연장 15회 우리가 2아웃 1, 2루 기회를 놓치며 경기는 1대 1 무승부로 끝났다. 5시간 15분. 한국시리즈 최장시간 경기 기록이었다.

더 이상 마를 피가 남아 있을까 싶었지만, 6차전 역시 승부는 쉽게 나지 않았다. 우리가 3점을 먼저 냈지만, 한화는 6회에 1점을 따라왔고, 얼마 뒤 신인왕과 MVP를 동시에 석권하게 될 한화의 괴물 신인 류현진이 이틀만 쉬고 7회에 구원 등판했으며, 8회에는 김태균이 솔로 홈런으로 점수차를 1점으로 좁혔다. 한숨이 터졌다. 또다시 1점차. 9회말 1아웃 2루. 내 차례였다. 동점주자가 나가 있었지만 이상할 만큼 긴장되지 않았다. 전날의 피로도 전혀 느껴지지 않았다. 내 공을 회복했다는 자신감만 가득했다.

물론 자신감이 모든 걸 해결해주지 않는다. 첫 타자 조원우 선배가 풀카운트에서 던진 직구를 특유의 짧은 스윙으로 받아쳤다. 총알 같은 타구가 내 쪽으로 날아왔다. 무의식적으로 내민 글러브에 타구가 맞았다. 굴절된 타구가 마운드를 맞고 2루수 쪽으로 힘없이 굴러갔다. 내야 안타. 글러브를 스치지 않았다면, 중전 적시타가 돼 동점이 됐을 타구였다. 한 번 행운을 준 야구의 신은, 곧장 나를 혼냈다. 고동진 선배에게 직구 4개를 연속으로 던졌지만 하나도 스트라이크존으로 들어가지 않았다. 1아웃 만루.

절체절명의 위기에서 등장한 선수는 외국인타자 클리어였다. 초구 볼 다음에 직구로 헛스윙을 이끌었다. 3구째, 긴박할수록 주무기를 선호하는 갑용이 형이 직구 사인을 냈다. 갑용이 형뿐만 아니라 모든 포수들의 사인에 고개를 저어본 적이 별로 없었지만, 그때따라 느낌이 이상했다. 직구를 주면 맞을 것 같았다. 고개를 흔들었다. 곧장 갑용이 형이 슬라이더로 사인을 바꿨다. 예감은 적중했다. 직구만 보고 있던 클리어가 조금 빨리 스윙을 시작했고, 타이밍을 빼앗긴 방망이에 맞은 공이 높게 치솟았다. 2루수 재걸 선배가 손쉽게 잡아내 2아웃.

다음은 한화의 간판타자 데이비스였다. 좋은 타자였지만, 나이가 들어 스윙스피드가 조금 느려져 있었다. 오로지 직구로 맞붙었다. 2볼-2스트라이크에서 던진 직구가 한가운데를 향했다. 데이비스의 스윙은 내 공의 떠오르는 움직임을 따라오지 못했다. 데이비스의 방망이가 지나간 허공에 삼성팬들의 환호가 가득 찼다. 나는 주먹으로 허공을 갈랐다. 갑용이 형이 내 쪽으로 뛰어오고 있었다. 형이 1년 전처럼 먼저 뛰어오르지 않기를 바라며 나도 뛰어갔다. 다행히 1년 전과 달리 이번에는 내가 먼저 점프했고, 형이 밑에서 나를 받아 올렸다. 그래서 정상적인 구도의 사진을 남겼다.

시상식이 끝나고도 삼성팬들은 경기장에 남아 여운을 즐겼다. 흥에 겨운 영수 형과 오준이 형, 동규 형이 갑자기 앞에 나가 코미디 프로그램에 나오는 춤을 추기 시작했다. 웃겨서 숨이 넘어가려고 하는데, 팬들이 선수 이름을 한 명씩 연호하기 시작하는 것 아닌가. 아뿔싸. 이름이 불린 선수는 앞으로 나가 춤을 춰야 했다. 결국 내 이름도 불렸다. 눈 딱 감고 우승 기념 수건을 들고 대학시절 '무도회장' 기억을 되살려 몸을 흔들었다. 지금도 그 '타월 춤' 생각만 하면 식은땀이 난다.

시한폭탄에 불이 붙다

2006년 한국시리즈에서 한화를 꺾고 우승한 일주일 뒤, 코나미컵 출전을 위해 도쿄행 비행기에 올랐다. 이륙하고 얼마 안 돼 속이 메스껍고 머리가 어지러웠다. 토할 것 같아 화장실에 가려고 일어서 간신히 비행기 맨 뒤로 갔는데, 어찌된 일인지 화장실이 없었다. 다시 비행기 앞쪽으로 가려는데, 정신을 잃었다. 주변 사람들 말로는 얼굴부터 앞으로 쓰러졌고, 3초 정도 가만히 있더란다. 금방 의식을 회복한 듯했지만 퍼뜩 이런 생각이 들었다.

'기자들도 많이 타고 있는데, 이러고 오래 있으면 일이 커지겠다.'

재빨리 기어서 다시 맨 뒤 빈 공간으로 간 다음, 단추를 풀고 신발을 벗고 누웠다. 트레이너가 깜짝 놀라 달려와 산소마스크를 씌우고 발을 문질렀다. 곧 괜찮아진 것 같아 모두를 안심시키고 다시 자리로 향하는데, 갑자기 쌍코피가 팍 터졌다. 금방 멎긴 했지만 온 비행기에 소문이 다 났다. 도쿄에 도착하고 몇 시간 뒤부터 전화와 문자가 빗발쳤다. '오승환, 기내에서 졸도'란 기사를 보고 놀란 가족과 지인들이었다.

고백하자면, 그 전날 술을 마셨다. 한국시리즈 6차전 당일 밤에 버스를 타고 대구로 내려가, 다음 날 카퍼레이드를 했고 곧장 코나미컵 대비 훈련이 시작됐다. 그때부터 수시로 코피가 흘렀다. 코나미컵 대회를 마치고 귀국하면 곧장 부산에서 도하 아시안게임 대표팀이 소집될 예정이었다. 그렇게 일정이 빡빡하다보니 서울의 친구들을 만나 우승의 기쁨을 나누고 회포를 풀 시간이라고는 팀 전체가 서울로 올라오는 출국 전날 밖에 없었다.

계산하지 못한 건, 그 정도 술도 감당할 수 없을 정도로 몸이 지쳐 있었다는 거다.

엎친 데 덮친다고, 도착한 다음 날도 수난이 계속됐다. 외야에서 몸을 푸는 데 갑자기 무언가가 퍽 하고 허리를 때렸다. 그대로 주저앉고보니 양준혁 선배가 친 타구가 잠시 한 눈 팔고 있던 나에게 날아온 거였다. 이제는 무슨 일이 벌어질지 무서울 지경이었다.

나뿐 아니라 모두의 컨디션이 정상이 아니었다. 첫 경기에서 니혼햄에게 7대 1로 완패를 당했고, 타이완의 라뉴 베어스에게마저 무릎을 꿇었다. 나는 3대 2로 뒤진 8회를 무실점으로 막았지만 패배까지 막을 수는 없었다.

귀국 이틀 뒤, 박진만 선배와 아시안게임 대표팀이 모이는 부산으로 떠났다. 원래는 귀국 다음 날 곧장 가야 했지만, 피로를 감당할 수가 없었다. 진만 선배가 예전 현대 시절에 모셨던 김재박 대표팀 감독님께 전화를 해서 하루만 더 휴가를 달라고 졸랐다.

이틀을 쓰러져 자고, 다음 날 부산 가는 길에 선배가 그랬다.

"WBC부터 따지면, 올 시즌은 9개월이네. 칼 립켄 주니어 나오라 그래."

칼 립켄 주니어는 17년간 2,632경기에 연속 출전한 '철인'이다. 그 정도는 아니었지만 진만 선배도 시즌 중에 올스타전도 함께 나갔으니, 둘이서 9개월을 개근하는 셈이다. 내가 응수했다.

"그래도 선배는 작년 한국시리즈랑 코나미컵 때는 쉬셨잖습니까."

몸은 힘들었지만, 아시안게임에서 정말 잘하고 싶었다. 완벽했던 한 해의 끝을 망치고 싶지 않았다. 혹시라도 잘 못해서, 'WBC에서 병역 혜택 받았다고 해이해졌다'는 비난을 받을 상상을 하니 머리가 쭈뼛 섰다. 게다가 동갑내기 대호부터 의외로 귀여운 구석이 많은 현진이까지, 아시안게임 금메달을 따면 병역 혜택을 받게 되는 선수가 14명이나 있었다. 이 친구들에게 평생 원망을 받고 싶지도 않았다. 하지만 몸이 말을 듣지 않았다. 직구 구속은 140킬로미터대 초반에 머물렀다. 타이완과 첫 경기에서 충격적인 패배를 당해 우승이 사실상 물 건너가면서, 팀의 사기도 땅에 떨어졌다. 사회인 야구선수들로 구성된 일본과 2차전은 그야말로 악몽이었다. 2점차로 뒤진 8회에 등판해 볼넷 3개로 만루 위기를 자초했다. 8회는 그래도 간신히 무실점으로 막았지만, 결국 9회에 사단이 났다. 또 볼넷 2개를 내준 뒤, 끝내기 홈런을 맞았다. 대회를 마치고 카메라 셔터 소리만 가득한 입국장을 굳은 표정으로 빠져나갈 때 느낀 참담함은 지금도 생생하다.

한 달을 쉬고, 다음 시즌을 위한 스프링캠프가 시작됐다. 체력이 방전된 몸은 회복이 느렸다. 나는 캠프 내내 마운드 위에서 제대로 된 피칭을 하지 못했다. 감독님도 "열심히 쉬라"고만 하셨다. 웨이트 트레이닝과 가벼운 캐치볼로 몸만 만들었다. 시범경기 때만 등판해 실전 감각을 끌어올린 뒤 곧장 정규 시즌에 들어갔다. 겉으로 봐서는 아무 문제가 없었다. 시즌 내내 세이브 1위를 지켜 2년 연속 구원왕에 올랐고 사상 첫 2년 연속 40세이브, 최소경기 100세이브 기록도 세웠다. 1점대 평균자책점을 유지했으며, 이닝당 1개 이상의 삼진을 기록했다.

하지만 나 자신은 불안했다. 팔꿈치가 다시 말썽이었기 때문이다. 대학교 4학년 때 수술 여부를 고민했던 웃자란 팔꿈치 뼈가 통증을 일으키기 시작했다. 통증은 날에 따라 정도가 오락가락했지만, 사라지는 날은 없었다. 어떤 날에는 몸을 풀다가, 마운드에 올라가서 정말 던질 수 있을까 의심스러울 정도로 아팠다. 근본적인 해결책은 웃자란 뼈를 깎고 관절 안에서 돌아다니고 있는 뼛조각까지 다 제거하는 수술을 받는 방법뿐이었다. 언젠가는 거쳐야 할 수술이었지만 버틸 수 있을 때까지 버티고 싶었다. 팔꿈치에 시한폭탄이 들어 있는 셈이었다.

머리가 복잡해서였을까. 시즌의 끝이 좋지 않았다. 우리 팀은 4위로 간신히 준플레이오프에 올랐다. 2006년 한국시리즈에서 자웅을 겨뤘던 한화를 만났다. 1차전에서, 2년차 때도 리그를 지배한 현진이에게 철저히 눌려 영봉패를 당했다. 3선 2선승제였기 때문에, 한 경기 만에 벼랑 끝에 몰렸다. 다행히 2차전에서 양준혁 선배, 갑용이 형의 홈런으로 승부를 최종전으로 몰고 갔다. 3차전은 팽팽한 접전이었다. 5회까지 우리가 1점차로 끌려갔다. 3회부터 계속 몸을 풀던 현진이가 결국 6회에 올라왔다. 나도 6회에 조기 투입 명령을 받았다. 보직이 서로 달라 현진이와의 대결은 MVP 투표 때나 할 줄 알았지 마운드에서 만나리라곤 꿈에도 몰랐다. 게다가 내가 질 줄도 몰랐다. 7회 이범호 선배, 8회 고동진 선배에게 잇달아 결정적인 홈런을 맞았다. 현진이는 8회까지 특유의 능수능란한 투구로 우리 타선을 무실점으로 막아냈고 한화를 플레이오프로 이끌며, 준플레이오프 MVP를 차지했다.

팀의 시즌은 끝났지만, 나는 할 일이 남아 있었다. 사흘을 쉰 다음,

타이완에서 열릴 베이징 올림픽 예선전의 대표팀에 합류했다. 비록 예선전이지만 도하 아시안게임의 참사 때문에 최정예 멤버들이 호출됐다. 한 달 이상 합동 훈련도 했다. 컨디션은 시즌 막판보다는 조금 나은 느낌이었다. 팔꿈치도 큰 말썽을 부리지 않았다. 타이완에 입성한 다음 날 불펜 피칭도 괜찮았다. 투수들의 수비 훈련도 있었는데 내 차례 때, 땅볼 타구가 바로 앞에서 불규칙하게 튀어 하필이면 오른쪽 팔꿈치를 강타했다. 그 순간은 아팠지만 단순 타박상일 줄 알았다. 그런데 다음 날 캐치볼 때, 너무 아팠다. 웃자란 뼈가 자극을 받은 듯했다. 제대로 공을 던질 수가 없어, 결국 한 달 동안 훈련만 하고 경기는 뛰어보지도 못 한 채 짐을 쌌다.

12월 초, 병역 혜택을 받은 데 따른 4주 군사훈련을 받기 위해 입소했다. 정말 오랜만에 야구공을 잡지 않는 시간이었다. 팔꿈치에 잠시나마 여유를 줄 수 있을 거라고 기대했다. 기대는 빗나갔다. 1월 말, 공을 다시 잡은 지 얼마 안 돼 똑같은 통증이 재발했다. 결국 스프링캠프 내내 불펜 피칭 한 번 제대로 하지 못했다. 시범경기도 막바지에야 마운드에 올랐다. 정상에 한참 못 미치는 컨디션으로 시즌을 시작했다. 팔꿈치 통증이 계속 오락가락해 시즌 초반에 정밀검진을 받기도 했다. 구속은 140킬로미터대 중반에 정체됐다. 그래도 꾸역꾸역 세이브는 올려나갔다. 운도 좋았고, 어떻게 던져야 안타를 안 맞고 점수를 안 줄 수 있는지 노하우도 조금 생긴 듯했다. 그래서

2008년의 성적도 얼핏 봐서는 이전 세 시즌과 큰 차이가 없다.

하지만 나 스스로 만족할 수 없는 구위는 국제대회에서 벽에 부딪혔다. 8월초, 베이징 올림픽을 앞두고 서울에서 쿠바와 평가전이 있었다. 2대 2로 맞선 8회에 등판하자마자 안타, 2루타, 연타석 홈런을 정신없이 두들겨 맞고 패전투수가 됐다. 내가 코칭스태프라도 나를 믿지 못할 것 같았다. 결국 베이징 올림픽 본선에서는 단 2경기, 1과 $\frac{2}{3}$이닝 밖에 던지지 못했다. 전승 우승의 최대 승부처였던 두 차례의 한일전, 쿠바와 결승전 같은 빅매치에서 벤치만 지켰다.

동거남들과의 즐거운 경쟁

이 힘든 시기를 견딜 수 있었던 힘은 '동거남'들이었다.

신인 시절, 윤성환 형은 공익근무요원으로 군복무 중이었다. 퇴근 뒤에 항상 운동하러 경산 팀 숙소의 웨이트트레이닝장에 왔다. 처음 볼 때부터 무뚝뚝하게 자기 할 일 알아서 하는 스타일이라 서로 잘 맞았다. 대학교 때 수술을 받고 야구를 그만둘 뻔 한 과거도 비슷해서 성환이 형과는 말도 잘 통하고 고민도 비슷했다. 그래서 우리는 숙소 생활을 끝내고 대구 시내에 살 집을 구할 때 같이 살기로 의기투합했다. 야구장 근처에 방 두 개짜리 빌라를 구해 들어갔다.

막상 같이 살기 시작하니 다른 점도 많았다. 나는 몸에 열이 많아서 더운 걸 못 참는데, 성환이 형은 추위를 못 참았다. 나는 육류를

사랑하지만 성환이 형은 해물 마니아였다. 그래도 둘 다 집안일에 대한 감각이 있었다. 특히 성환이 형은 요리, 나는 청소와 빨래에 강해서 남자 둘이 사는 집 치고는 꽤 깔끔하게 정리해 놓고 잘 먹고 잘 살았다.

10월 초에 들어온 불청객 때문에 집안 분위기가 확 바뀌었다. 투수조에서 나랑 성환이 형, 오준이 형과 항상 붙어 다니던 안지만이 짐을 싸들고 들이 닥쳤다. 대구 부모님 댁에서 살던 녀석이라 자취할 이유가 없었는데, 포스트시즌 때만 운동에 집중하려고 신세를 좀 지겠다고 했다. 워낙 친하니 거절할 수가 없어서 거실에 짐 놓고 소파에서 자라고 했다. 그런데 막상 같이 살고 보니 가관이었다. TV나 전등을 켤 줄만 알지 끌 줄은 몰랐다. "자기 전에 다 끄고 자라"고 신신당부를 해도, 다음 날 아침에 나와 보면 다 켜놓은 채 코를 골고 자고 있었다. 청소나 설거지를 시키면 속이 터져서 내가 다시 해야 했고 구박을 해봤자 넉살이 좋아서 넙죽넙죽 받아 넘겼다. 시즌이 끝나면 나가려니 했는데, 겨울이 와도 나갈 생각을 안 했다.

시즌 뒤, 서울 본가에 한동안 쉬다가 대구로 내려갔다. 다들 외출하고 아무도 없었다. 라면을 끓여 먹으려고 했는데 가스레인지가 켜지지 않았다. 고장 났나 싶어 스위치를 두어 번 돌려봤지만 반응이 없었다. 짚이는 게 있었다. 지만이에게 전화를 했다.

"너, 가스 요금 안 냈지?"

"형, 그거 저한테 내라고 했어요?"

나 없는 동안 공과금 챙겨서 내라고 귀에 못이 박히도록 한 잔소리도 소용이 없었던 거다.

이 모든 복장 터지는 사건들에도 불구하고, 세 명의 동거는 그렇게 재미있을 수가 없었다. 경기가 없는 날이면 대구 시내 커피숍과 맛집을 찾아다니며 먹고 마시고 수다를 떨었다. 음식 솜씨 좋기로 소문난 어머니는, 대구에 오실 때 아예 세 명 먹을 분량의 음식을 싸들고 오셨다. 나와 성환이 형도 잘 먹었지만, 특히 지만이는 "어머니, 맛있습니다!"를 연발하며 며칠 굶은 사람처럼 먹어댔다. 겨울이면 우리 세 명에 우리와 형제처럼 지냈던 창용이 형과 함께 해외여행도 다녔다.

우리는 서로를 잘 알았고, 서로를 도왔다. 홈런을 맞은 투수의 아픔을 제대로 이해할 수 있는 사람은 홈런을 맞아 본 투수뿐이다. 그래서 가끔 블론세이브를 한 날이면, 다른 곳에 안 가고 집으로 들어갔다. 지만이와 술잔을 기울이고, 술을 입에 못 대는 성환이 형의 위로를 듣고 있으면 진정이 됐다. 나는 특히 성환이 형에게 미안한 일이 많았다. 성환이 형이 선발로 나온 경기에서 유독 블론세이브가 많았던 것이다. '밥 해주는 동거남'의 승리를 날려 먹는 느낌은 아주 별로다. 성환이 형은 내가 지켜주는 승리가 얼마나 많은데 몇 안 되는 블론세이브에 신경을 쓰냐며 위로하곤 했다.

2014년 시즌을 마치고 귀국했을 때 찍은 사진. 나는 질색을 하지만 지만이는 이런 장난을 벌이곤 한다.

각기 다른 셋이지만, 공통점도 있었다. 셋 다 승부욕의 화신들이었다. 훈련 때 달리기를 하건, 복근운동을 하건 경쟁을 했다. 지루할 수 있는 웨이트트레이닝이, 셋이서 경쟁을 하며 놀이로 바뀌었다. 셋 중에서도 승부욕이 최고로 강한 사람은 단연 지만이다. 캠프에서는 우리 앞에서 운동 안 하는 척하고 방에서 몰래 혼자 하다가 들키는 엽기적인 짓을 한 적도 있다. 나태해지는 걸 막는 이런 경쟁은 모두의 발전을 도왔다. 아마 '장가 가기'도 승부로 생각했다면, 우리 세 명의 노총각 생활 청산은 훨씬 빨리 이뤄졌을 것이다.

벼랑 끝의
절박함

2009년 시즌을 앞둔 동계훈련에서는 정말 이를 악물고 몸을 만들었다. '구위가 예전만 못하다'는 말도 듣기 싫었고, 제2회 WBC에서 본때도 보여주고 싶었다. 10킬로그램 정도를 감량했고, 근육량을 엄청나게 늘렸다. 2월 중순에 대표팀이 소집됐을 즈음에는 몸이 달라진 걸 스스로 느낄 수 있을 정도였다. 정말 오랜만에 시즌이 끝난 뒤 조금 쉬어서 그랬는지 팔꿈치도 말썽을 부리지 않았다.

하지만 몸은 달라졌어도 구위는 좀처럼 회복되지 않았다.

내가 '슬로스타터'란 걸 알고는 있었지만 2009년에는 정말 심했다. WBC 대회 직전까지에야 직구 구속 140킬로미터를 간신히 넘겼다. 결국 WBC에서도 별 의미 없는 2경기에만 기용됐다.

치욕적인 상황은 정규시즌에도 계속됐다. 직구의 구위가 예전만 못하다 보니 변화구의 빈도를 늘릴 수밖에 없었다. 하지만 변화구의 제구가 뛰어나지 않다 보니 많이 벗어나면 볼넷, 가운데로 몰리면 장타로 이어졌다. 그럭저럭 세이브는 쌓아갔지만, 평균자책점은 4점대를 훨씬 웃돌았다. 나를 기용하는 방법도 달라졌다. 예전에는 세이브 상황에서는 상대 타자가 누구든 9회 시작부터 마운드에 올랐지만 이제는 8회에 던졌던 투수가 9회에도 한 두 타자를 상대한 뒤에 내가 등판하는 경우가 생겼다. 나에 대한 신뢰가 줄어들었다는 뜻이었다. 구단에서 나를 트레이드 매물로 내놓았다는 소문도 돌았다.

내가 흔들리면서 팀 순위도 추락했다. 6월 21일 LG전은 그야말로 결정타였다. 2대 1로 앞선 7회말 1아웃 만루에서 마운드에 올랐다가, 이진영 선배에게 역전 2타점 2루타를 맞았다. 그리고 박용택 선배에게 오른쪽 담장을 까마득하게 넘어가는 만루홈런을 허용했다. 만루홈런을 맞은 건 프로 데뷔 이후 처음이었다. 너무 화가 나서 글러브를 땅바닥에 집어 던졌다. 우리 팀은 그날 7위로 떨어졌다.

7월의 첫날, KIA와 홈경기가 있었다. 5대 4로 앞선 8회, 권혁이 투아웃까지 잘 잡았다. 그대로 8회말을 마무리하는 분위기였는데, 갑용이 형이 마운드로 올라가 잠깐 이야기를 하더니 벤치에 교체해달라는 사인을 냈다. 평소보다 조금 급하게 몸을 풀고 올라갔다. 별일 없이 9회까지 막고 승리를 지켰다.

다음 날 경기 전에 공을 던지는데 오른쪽 어깨가 이상했다. 근육이 꽉 뭉쳐서 팔이 제대로 돌아가지 않았다. 어깨에 이상을 느낀 건 태어나 처음이었다. 몸 상태를 팀에 보고하고 한동안 공을 잡지 않았다. 일주일 정도 지나니 좀 풀리는 느낌이 들었다. 실전에 복귀해 이틀 연속 던져도 이상이 없었다. 복귀 사흘째, 두산에 11대 10으로 앞선 9회초에 마운드에 올랐다. 첫 타자 임재철 선배를 삼진으로 잡아낼 때까지도 느낌은 아주 좋았다. 김현수에게 던진 직구가 높게 몰려 중전안타를 맞았는데 갑자기 어깨 쪽에 통증이 느껴졌다. 김동주 선배에게 공을 하나씩 던질수록 통증이 심해졌다. 힘도 실을 수 없었고 제구도 되지 않았다. 김동주 선배를 볼넷으로 내보냈다. 뒤늦게 생각해보면, 그때 바로 내려왔어야 했다. 최준석에게 직구 2개를 던졌는데 시속 140킬로미터를 넘지 않았다. 포수 이지영이 마운드로 올라와서 괜찮냐고 물었다. "조금만 더 던져보자"고 돌려 보낸 다음 마운드 뒤로 나와 심호흡을 했다. 어깨가 타는 듯 아프고 땀이 비 오듯 쏟아졌다. 결국 벤치에서 교체 사인을 냈다.

다음 날 서울에서 검진을 받았다. 어깻죽지 아래쪽 근육 일부가 찢어졌다고 했다. 다행히 투수들의 선수생명을 위협하는 전형적인 어깨 부상은 아니라 두어 달 재활을 마치면 복귀가 가능하다고 했다.

8월초에 용인에 위치한 삼성트레이닝센터에 입소해 재활훈련을 시작했다. 삼성트레이닝센터에는 삼성 스포츠단의 모든 종목 선수들이 훈련할 수 있는 곳이었지만, 야구선수는 나 혼자뿐이었다. 주위에 아무 것도 없어서 할 수 있는 건 재활운동 뿐이었다. 어깨 쪽에 발견된 작은 이상들까지 한꺼번에 모두 다 고치겠다고 마음먹었다. 팀이 치열한 4위 경쟁을 펼치고 있었지만, 선동열 감독님도 재활에만 전념하라고 당부하셨다.

"프로 입단하고 한 번도 제대로 못 쉬었잖아. 포스트시즌 진출해도 안 부를 테니까, 몸 제대로 고칠 생각만 해."

그래도 내심 시즌 막판에 돌아가 플레이오프 진출 경쟁에 힘을 보태고 싶다는 생각은 여전했다. 하지만 나와 갑용이 형, 영수 형이 줄줄이 부상으로 이탈한 공백은 치명적이었다. 결국 13년 만에 포스트시즌 탈락이 확정됐다.

그래도 구단의 고마운 배려는 계속됐다. WBC 대표팀 소집일수를 포함해 그 전까지 내가 1군 엔트리에 머무른 시간은 143일. FA 자격 계산에 적용되는 '한 시즌'에 이틀이 모자랐다. 그 이틀을 채워주기 위해, 던질 수도 없는 나를 1군 엔트리에 이틀 동안 포함시켜주셨다. 그 이틀 덕분에, 나는 5년 뒤가 아닌 4년 뒤에 구단의 축복 속에 해외로 떠날 수 있었다.

재활을 통해 몸에 고장난 곳을 모두 고쳤다고 생각했다. 오랜만에 손가락 끝에서 공을 채는 느낌이 살아났다. 스프링캠프 컨디션은 한참 좋았던 2005~2006년과 비슷했다. 빨리 시즌이 시작됐으면 하고 조바심이 날 정도였다.

그렇게 기다렸던 2010년은 악몽으로 시작됐다. 개막전 9회말 투아웃에서 LG 이진영 선배에게 동점 솔로 홈런을 맞았다. 4월까지 피홈런 3개, 블론세이브 2개를 기록했다. 그리고 겨울 동안 아무 탈 없이 회복된 줄 알았던 몸이 곳곳에서 이상 신호를 내기 시작했다. 5월 첫 날, 한화전 9회에 올라가 던지는데 허벅지 안쪽이 아파왔다. 던지는 건 고사하고 걷는 것도 힘들어 곧장 교체됐다. 허벅지 근육 손상 판정이 나왔다. 2군에서 한 달 동안 재활을 하고, 6월초에 1군에 복귀했지만, 이번에는 팔꿈치가 문제였다.

6월 16일, 우리는 9회초까지 롯데에 8대 7로 앞섰다. 오준이 형이 9회말 첫 두 타자를 깔끔하게 처리했다. 다음 차례는 대호였다. 여기서 나에게 등판 지시가 떨어졌다. 한국 최고의 타자를 잡아내고 자신감을 회복하라는 뜻이었을 거다. 팔꿈치 통증을 모른 척하고, 나는 직구 다섯 개를 온 힘을 다해 던졌는데 마지막 직구는 한복판 약간 높은 곳으로 들어갔다. 평소와 달리 공끝의 움직임이 살아 있지 않은 직구가 대호의 거대한 스윙에 걸려들었다. 타구는 우주까지 날아갈 듯했다. 사직팬들의 열광 속에, 곧장 교체돼 더그아웃으로 들어온 나는 이틀 뒤 다시 2군으로 내려갔다.

검진 결과는 예상대로였다. 팔꿈치의 웃자란 뼈와 떨어져 나온 뼛조각들이 더 이상 방치할 수 없을 정도로 말썽을 일으키고 있었다.

미루고 미뤘던 수술을 받아야 할 때였다.

대학교 1학년 때 받은 토미존 수술은 전혀 아프지 않았다. 수술 뒤 한동안 휴지 한 장 뽑을 수 없을 정도로 힘을 줄 수 없었던 게 문제였지만. 뼛조각 제거 수술은 정반대였다. 수술 뒤 마취에서 깨어났을 때 참기 힘들 정도로 아팠다. 팔꿈치에 돌아다니는 뼛조각들을 빼내고, 웃자란 뼈를 깨고, 뼈에 구멍을 8개를 뚫었다고 했다. 그야말로 뼈를 깎는 아픔이었다. 하지만 통증은 이틀 만에 다 가라앉았다. 일상생활에 전혀 지장이 없었고, 곧장 재활운동을 시작해도 될 정도였다. 무엇보다 마음이 편했다. 대학교 때 수술을 받은 뒤에는 미래에 대한 불안감, 아니 공포가 너무나 컸다. 국내에서 토미존 수술을 받은 전례도 드물었고, 재활에 성공한 경우는 더 드물었다. 이번에는 달랐다. 오랫동안 미뤄둔 숙제를 해치운 기분이었다. 이미 많은 투수들이 같은 수술을 받고 무사히 복귀했고 이 수술 때문에 선수인생이 끝난 투수는 없었다. 모두 서너 달 뒤에 돌아와서 공을 던질 때, 상쾌하다고 했다. 그리고 재활의 단조로움과 불안을 혼자 견뎌야했던 대학교 때와 달리, 이 분야 최고 전문가들의 도움을 받을 수 있었다. 무엇보다 나에게는 자신감이 있었다. 대학교 때, 그 막장 같은 어둠 속에서도 견뎠던 나다. 지금 몇 달의 공백은 아무 것도 아니다. 내 앞의 시간과 공간을 지배했던 예전의 나로 돌아갈 날이 멀지 않았다는 확신이 있었다.

독하게 재활에만 몰입했다. 대학교 때 재활로 땀을 흘렸던 한경진 원장님의 클리닉 근처에 방을 얻어 얻고, 숙소와 클리닉만 오가는 생활을 견뎠다. 가끔 즐기던 술 한잔의 즐거움도 끊었다. 그 덕분인지 회복 속도가 빨라서 수술을 받을 때는 당연히 다음 시즌에야 돌아올 수 있을 것 같았지만, 9월 중순에 벌써 불펜 피칭을 시작했다. 하루라도 빨리 복귀하고 싶었다. 우리 팀은 2위가 확정적이었으니 포스트시즌에서 부활을 알리고픈 마음이 없었다고 하면 거짓말이다. 물론 내 몫까지 맡아 힘들게 한 시즌을 치른 투수들의 자리를 내 이름값으로 빼앗기는 싫어서 완벽한 실력으로 돌아오기 위해 구슬땀을 흘렸다. 다시 한 번 우승의 기쁨을 맛보고 싶었다.

나는 일단 플레이오프 엔트리에는 제외됐다. 직전 열린 두 차례 자체 청백전에서 한 번은 좋았고, 한 번은 불안했기 때문이었을 거다. 한국시리즈가 남아 있었기에 포기하지 않았다. 감독님이 직접 "한국시리즈까지 컨디션 조절을 계속 해야 한다"고 당부하셨다.

두산과의 플레이오프는 최종 5차전까지 이어졌고 모든 경기가 1점차로 끝나는 혈투였다. 특히 불펜진의 소모가 극심했다. 결국 한국시리즈 명단에 내 이름이 포함됐다. 예전 같은 구위는 아니더라도, 동료의 부담을 덜어주는 역할 정도는 충분히 할 수 있을 것 같았다.

우리 팀이 2005년과 2006년 연속 제패한 뒤, 한국 프로야구를 지배한 것은 'SK 왕조시대'였다. 2010년 정규시즌도 압도적 1위였다.

우리는 플레이오프 5차전을 치른 뒤 딱 하루만 쉬고 한국시리즈에 돌입해야 하는 불리함까지 겹쳤다. 하지만 1차전은 중반까지 대접전이었다. 우리가 먼저 2점을 내줬지만, 5회 SK 에이스 김광현을 상대로 3점을 내 역전에 성공했다. 5회말, 선발 팀 레딩이 첫 타자 정근우에게 볼넷을 내주자 곧장 우리 불펜이 가동됐다. 권혁과 오준이 형이 차례로 올라갔다. 하지만 최정의 빗맞은 타구가 내야안타가 되는 불운 속에 2아웃 만루 위기가 찾아 왔다.

솔직히 여기서 내가 올라갈 거라는 예상은 하지 못했다. 조금 더 부담 없는 상황에서 복귀전을 치를 거라 상상했었다. 그래도 위축되지는 않았다. 이미 이런 상황을 충분히 이겨낼 구위를 회복했다고 자신하고 있었다.

현실은 상상과는 많이 달랐다. 첫 타자는 박재홍 선배였다. 내가 등판하자 SK 김성근 감독님이 예정됐던 6번 타자 김강민을 빼고 대타로 박재홍 선배를 투입했다. 연습투구 때 느낌은 나쁘지 않았다. 하지만 4개월 만에 맞닥뜨린 실전 상황, 그것도 2아웃 만루라는 결정적 승부처의 중압감이 나도 모르게 나를 짓누르고 있었던 것 같다. 초구 변화구와 2구 직구가 모두 스트라이크존을 벗어났다. 간신히 풀카운트까지 끌고 갔다. 5구째까지 모두 바깥쪽에 앉아 있던 갑용이 형이 승부구로 몸쪽 직구를 요구했다. 수만 번 던졌던 코스지만, 몸이 말을 듣지 않았다. 공은 갑용이 형이 요구한 방향과 정 반대쪽,

즉 갑용이 형의 발밑에 꽂혔다. 결국 박재홍 선배는 스윙 한 번 하지 않고 밀어내기 볼넷을 골라 동점을 만들었다.

다음 타자는 김재현 선배였다. 선배는 내 제구가 흔들린다고 생각했던 듯했다. 2구까지 직구 스트라이크에 반응을 하지 않았다. 문제는 승부를 끝낼 나의 결정구였다. 슬라이더로 헛스윙을 유도하고 싶었지만 회전이 제대로 먹지 않고 풀리는 바람에 밋밋하게 들어갔다. 백전노장 김재현 선배가 속을 리가 없었다. 결국 공 3개가 연속으로 볼이 되며 다시 풀카운트에 몰렸다. 내가 던질 공은 직구 하나밖에 없었다. 나와 갑용이 형, 재현 선배까지 모두가 알고 있었다. 스피드는 괜찮았지만 공끝이 죽은데다 한가운데로 향한 직구를 놓칠 재현 선배가 아니었다. 특유의 정교한 스윙으로 툭 밀어 친 타구가 3유간을 빠져나갔다. 2타점 결승타였다. 나는 곧장 교체됐다.

그 순간이 1차전 승부뿐 아니라 시리즈 전체의 분수령이었다. 우리 팀은 4연패로 허무하게 무릎을 꿇었다. 나는 4차전에 한 번 더 나왔지만 이미 승부가 기운 뒤였다.

2010년의 마지막 날, 놀라운 소식이 괌까지 전해졌다. 선동열 감독님이 물러났다. 얼마 전까지 캠프 준비상황을 체크하셨기에, 구단이 발표한 '자진 사퇴'라는 공식 입장은 이해가 되지 않았다. 내가 한국시리즈 1차전에서 박재홍 선배에게 밀어내기 볼넷을 주지 않았다면 어땠을까. 감독님에 대한 죄송함과 함께, 나도 벼랑 끝에 있다는 현실이 새삼 생생하게 느껴졌다.

마무리캠프의 교훈

그때쯤 즐겨 입던 티셔츠가 있다. 가슴팍에 '내 탓이오'라는 문구가 새겨진 티셔츠다. 위기에 빠진 책임이 나에게 있다고 생각하면 마음이 편해진다. 위기를 탈출하는 힘도 내게 있는 거니까. 위기에 빠진 게 남이나 주변 상황 탓이라면, 위기를 벗어나는 것도 남의 처분이나 행운을 기다릴 수밖에 없다. 이럴 땐 이미 인생의 절박한 위기에서 내 힘으로 탈출해본 경험은 큰 도움이 된다.

2010년 시즌 후, 프로 데뷔 후 처음으로 마무리캠프에 참가했다.

마무리캠프란 말 그대로 한 시즌을 마무리하는 합숙훈련이다. 주전 선수들은 시즌이 끝나면 그동안 쌓인 피로를 회복하는 시간을 갖지만 신인급 선수들은 마무리캠프에 참가하여 선배들과의 격차를 줄이기 위해 필사적으로 훈련한다. 마무리캠프에 참가하겠다고 오치아이 코치님께 말씀드렸다. 부상이 얼마나 회복됐는지 궁금하기도 했지만 다른 목적도 있었다.

주축 선수들이 참가하는 스프링캠프는 4일 훈련에 1일 휴식으로 훈련이 짜여지지만 1.5군이나 신인선수들이 대상인 마무리캠프는 5일 훈련에 1일 휴식하는 사이클이다. 훈련 내용 또한 기량 향상에 초점을 맞춘다. 프로 선수들에게는 휴식도 중요한 훈련이지만 경험이 많지 않은 신인들은 휴식보다 훈련에 대한 열정으로 가득 차 있을 수밖에 없다. 나는 체력보강으로 가닥을 잡았다. 내 몸 상태에 대한 의문이 머릿속을 떠나지 않았다. 반드시 몸 상태를 끌어올려야 했다. 고작 훈련 가지고 이렇게 떨린 건 프로 데뷔시즌 이후 처음이었다. 그만큼 절박했다.

이 캠프에서 두 가지 좋은 가르침을 얻었다. 새로운 구질인 투심패스트볼을 배운 것도 큰 도움이 됐다. 직구와 슬라이더로 타자와 승부하던 내게 떨어지는 공은 늘 고민거리였다. 이 때 처음으로 투심을 접했고 그 후 간간히 던지기 시작했다.

하지만 그때 얻은 가장 큰 것은 바로 아직도 내 자신감의 토대가 되어주는 '1시간 전력투구'다. 삼성 투수라면 누구나 거쳐야 하는 관문이지만 어쩌다 보니 나는 처음이었다. 말 그대로 1시간 동안 전력을 다해 공을 던지고 또 던지는 훈련이다.

그때까지 투구수가 많아봤자 하루 120개 정도가 최대였다. 데뷔 때부터 시즌이 끝나면 팔꿈치 안에서 돌아다니는 뼛조각 때문에 늘 팔 상태가 안 좋았다. 억지로 참고 던져도 100개를 넘기기 힘들었다.

훈련을 시작하기 직전, 아프지만 않았으면 좋겠다는 마음이 간절했다. 불안해하는 걸 눈치채셨는지 오치아이 코치님이 슬쩍 조언하셨다.

“그냥 머리를 비우고 던지기만 해, 뭐가 느껴지는지.”

코치님의 말씀 덕에 머리를 비웠다. 그냥 1구, 1구, 포수 미트를 향해 실전처럼 온 힘을 다해 공을 뿌렸다.

“1, 2, 3…”

옆에서 훈련을 도와주는 트레이너가 개수를 세어주어 몇 구를 던졌는지 바로 알 수 있었다. 40개쯤 던졌을 무렵부터 앉아서 쉬고 싶었지만 이를 악물었다.

“120!”

나의 한계라고 생각하던 숫자를 지나쳤지만 멈추지 않았다. 계속 던질 힘이 있었고 아프지도 않았다. 밑바닥에서부터 자신감이 끓어올랐다. 150개를 넘어가도 팔은 무거웠지만 통증이 없었다.

“180, 181…”

180개가 넘자, 얼굴까지 후끈 달아올랐다. 1구 1구 던질 때마다 나도 모르게 “끙”하는 신음소리가 베어 나왔다.

"200!"

이미 숫자는 안중에도 없이 그저 공을 던져야겠다는 생각뿐이었다. 그래도 곁에서 지켜보던 선동열 감독님의 말씀만은 또렷하게 기억한다.

"무조건 낮게 던지려고만 하지 말고, 커브로 스트라이크를 잡을 수 있도록 신경써."

"220!"

그렇게 1시간 동안의 전력투구는 끝났다. 팔이 덜덜 떨렸지만, 아프진 않았다. 공을 받아준 불펜 포수가 엄지를 세웠다.

"제일 좋을 때 직구 위력인데."

"그래, 오승환이 돌아왔네."

정회열 코치님이 칭찬해주셨다. 무엇보다 '해냈다'는 자긍심이 들어 뿌듯했다. 겪고 나서야 오치아이 코치님 말씀의 의미를 알게 됐다. 투구폼, 투구메커니즘, 밸런스, 이런 걸 조율하는 훈련이 아니었다. 그런 면도 있겠지만 훈련을 통해 얻은 가장 큰 소득은 '나'를 알았다는 점이었다. 내 한계는 생각보다 훨씬 더 높은 곳에 있었다. 그걸 깨닫자 자연스럽게 나 스스로에 대한 '신뢰'가 따라왔다. 1년 반이나 재활만 하다 보니, 스스로에 대한 믿음이 사라져있었다는 느꼈다. 220개라는 숫자가 큰 의미로 다가왔다. 지금까지도 하루에 가장 많은 공을 던진 날로 남아있다. 그리고 다음 시즌도 잘 할 수 있다는 자신감이 생겼다. 마무리캠프를 시작할 때 '잘해야만 한다'고 스스로를 괴롭히던 마음은 '잘할 수 있다'는 믿음으로 변해있었다.

그렇게 자신감을 얻고 일주일이 지났을 때 캠프 두 번째 교훈을 얻었다. 캠프가 끝나기 일주일 전, 자체 청백전으로 실전 감각을 익히던 자리였다. 당시 내야수 김정혁은 내게 유독 강했다. 앞 경기에서도 내게서 홈런을 하나 뽑아낸 정혁이는 그날도 힘든 승부를 강요하고 있었다.

정혁이의 두 번째 타석, 나름 자신감 있게 공을 뿌렸지만 정혁이의 방망이에는 더 큰 자신감이 어려 있었다.

딱!

아차, 공이 날 향해 날아온다고 직감했지만, 직감보다 더 빨리 타구에 맞았다. 팔꿈치에 묵직한 아픔이 느껴졌다. 하필이면 오른팔에 라인드라이브 타구를 맞은 것이었다. 순간 머릿속이 하얘졌다.

'끝났다.'

긴 재활기간이 다시 시작될 수도 있다는 두려움에 그대로 마운드에 주저앉았다. 그라운드에 있던 선수며 벤치에서 지켜보던 코치들이 모두 마운드로 몰려왔다. 정혁이의 얼굴도 새파랗게 질려 있었다. 바로 경기를 접고 병원으로 달려가 정밀검사를 받았다. 훈련 중이던 팀원 모두가 사색이 되어있었다.

"단순한 타박상입니다."

새하얗던 머릿속을 천연색으로 되돌리는 한마디였다. 병원에서는 아무렇지 않다고 했다. 정혁이한테 내가 더 미안해지는 순간이었다. 자신감에 과해질까봐 적절한 경고를 받은 건 아니었을까 하는 생각이 들었다. 자칫 했으면 큰 부상으로 이어질 뻔 했다. 하지만 그런 위험한 상황조차 아무것도 아니라는 양 넘어갈 만큼 모든 일의 흐름이 좋았다. 운동선수에겐 흐름, 분위기라는, 과학적이지 않은 무언가가 분명 존재한다. 나는 좋은 흐름을 타고 있었다. 2011년 시즌에 대한 기대감이 그렇게 커지고 있었다.

마무리캠프가 끝난 후 연봉 협상 테이블에서 연봉을 구단에게 백지 위임했다. 나는 프로 입단 후 제대로 협상을 해본 적이 거의 없었다. 한 시즌 세이브 신기록을 세웠던 2006년에도 구단에 일임했을 정도였다. 게다가 부상으로 보여준 게 없었다. 물론 2006년과 이때의 처지는 180도 달라져 있었다. 마음을 비운 채 괌으로 다시 훈련을 떠났다. 구단의 연락이 온 것은 괌에서 권오준, 윤성환 두 형들과 땀을 흘리고 있을 때였다. 전년보다 2,000만 원 삭감된 2억 4,000만 원을 통보받았다. 당연한 결과였다. 프로선수는 성적으로 보여줄 수밖에 없으니까. 이번엔 내가 뭔가를 꼭 보여줄 차례였다.

내가 뽑히지 않은 대표팀이 광저우 아시안게임에서 금메달을 땄다는 소식도 들려왔다. 기쁘면서도 가슴 한켠이 쓰렸다.

류중일 감독님이 새로 지휘봉을 잡으면서 팀은 어수선했다. 많은 것을 바꿔야 하는 동시에, 다른 많은 것은 굳건히 지켜내야 했다. 나는 지키는 쪽에 시선을 고정했다. 내가 맡았던 역할을 다시 해내야 했다.

하체훈련을 게을리하지 않고 기본 '틀'을 만드는 데 주력했다. 92킬로그램이던 몸무게도 87킬로그램까지 줄었다. 예년보다 일찍 훈련을 시작한 효과는 분명했다. 단순히 체중이 줄어들었을 뿐 아니라 몸이 가벼웠다.

오키나와 팀 스프링캠프로 건너가 새해 첫날을 맞았다. 2년 동안 완벽한 몸 상태를 만들지도 못했고, 그렇다고 제대로 쉬지도 못했다. 이번엔 달라져야 했다. 오키나와에서 본격적으로 공을 던지면서 실전 대비훈련을 시작하면서 전매특허인 직구를 가다듬는데 신경 썼다. 눈과 귀로 느낄 수 있을 만큼 좋아지고 있었다. 눈으로도 회전력의 강해졌다는 걸 알 수 있었고 실밥이 돌아가는 소리도 '이게 바로 내 직구'라는 신호를 내고 있었다.

투구폼도 살짝 바꿨다. 이전보다 내딛는 왼발의 범위를 줄이고, 힘을 뺀 채 던지기 시작했다. 다리를 내딛는 순간까지 힘을 뺀 상태에서 부드럽게 중심을 이동하고, 발을 딛어 하체를 단단히 고정한 다음 힘을 실었다. 힘을 빼고 던져 부상 위험이 줄어드는 효과도 얻었지만 중요한 것은 하체의 중심 이동이었다. 겨우내 하체를 단련한 이

유도 투구폼을 바꾸기 위해서였다. 다른 사람 눈에는 크게 달라진 게 없어 보였을지 몰라도 나는 매우 만족스러웠다. 오키나와에서부터 구속 140킬로미터 중후반대가 나오기 시작했다. 느낌이 왔다.

좋은 흐름은 시범경기에서도 계속됐다. 오키나와보다 날씨는 추웠지만 구속은 빠르게 올라갔다. 경기 전에 몸을 풀어봤자 쌀쌀한 한국에서는 최고의 공이 나오지 않는다. 더욱이 나는 늘 '슬로스타터'였다. 그런데도 3월 16일 대구구장에서 열린 넥센과의 경기에서는 148킬로미터를 찍었다. 여기저기서 '돌직구가 돌아왔다'는 소리가 들렸다. 시범경기성적은 5경기 5이닝 2세이브 6탈삼진 평균자책점 0.00으로 '완벽'했다.

하지만 정규 시즌 개막전은 데뷔전 때만큼 떨렸다. 게다가 류중일 감독님도 감독 데뷔전이라, 부담이 클 수밖에 없었다. 이런 저런 생각이 꼬리에 꼬리를 물었다. 1년 반의 공백, 마무리투수의 한계 등.

개막전 상대는 KIA였다. 개막전 전날 일찍 잠을 청했지만 위기 상황에서 KIA 타자들에게 흠씬 얻어맞고 방화범이 되는 악몽을 꿨다. 1년 전 LG와의 개막전에서 동점홈런을 맞았던 장면도 자꾸 떠올랐다.

결국 개막전 등판 기회가 찾아왔다. 팀이 3점차로 앞선 8회말 2아웃 2루 김상훈 선배 타석에서 마운드에 올랐다. 긴장 탓인지 공이 뻗지 않아 김상훈 선배에게는 볼넷을 내줬지만 다음 타자 안치홍을 삼진으로 잡았다. 실전에서는 여전히 내 공에 대한 믿음이 돌아오지 않았다. 9회에는 주자를 둘이나 내보냈지만 어쨌든 삼진으로 세 번째 아웃을 잡아내고 개막전 세이브를 따냈다.

경기가 끝나자 갑용이 형이 핀잔을 줬다.

"네 공 좋아. 그런데 왜 그렇게 불안해 하냐."

갑용이 형 말에는 언제나 무게가 실린다. 팀 동료들도 갑용이 형 말에서 큰 계기를 얻은 적이 많다. 어렵게 따낸 개막전 세이브와 갑용이 형의 조언은 자신감을 찾는 데 좋은 약이 됐다.

나흘 뒤 대구구장에서 열린 롯데와의 경기는 1대 0의 긴박한 상황에서 등판했다. 이 날 상대는 조성환 선배와 당시 최고의 타자인 대호, 이들에게 통한다면 어디서나 다 통할 수 있다는 자신감이 들 만한 상대였고 둘 다 삼진으로 돌려세웠다.

불안감을 마음속에서 깨끗이 걷어낸 경기였다. 홈 관중들이 1년 반 동안 들을 수 없었던 "오승환인데~ 오승환인데~" 응원을 해주고 있었다.

오~승환
세이브 어스

야구장에는 음악이 끊이지 않는다. 선수가 출전할 때마다 선수의 테마곡이 나오기 때문이다. 나는 메이저리그 최고의 마무리투수였던 트레버 호프먼의 '지옥의 종소리'를 몰래 동경하고 있었다. 4월이 지나가기 전, 나의 등장 테마곡은 고 신해철 씨가 속해있던 그룹 넥스트의 '라젠카, 세이브 어스(Lazenca, save us)'가 채택됐다. 내겐 과한 게 아닌가 싶을 정도로 웅장하지만 팬들이 선택해준 곡인 데다 'save'라는 말이 가사에 들어간다는 점도 마무리투수에게 어울리는 곡이다.

내가 마운드로 올라갈 때면 전광판에 '끝판대장'이라는 문구가 뜨고 수업시간이 끝나는 종소리와 '라젠카, 세이브 어스'가 시작됐다. 얼마 후부터 팬들은 "오승~환 세이브 어스"라 바꿔 따라불렀다.

노래가 흘러나올 때마다 나의 세이브 횟수도 늘어났다. 팀은 아직 중위권 싸움을 벌이고 있었지만 나는 세이브 단독 선두로 올라섰다. 5월 7일에는 내가 가지고 있던 최소경기(12경기) 10세이브 타이기록을 세웠다.

그대로 실패 없이 끝까지 달리고 싶었지만 그날이 오고야 말았다. 5월 20일, 이번에도 홈구장 대구에서 벌어진 경기였다. 4대 3으로 앞선 8회 2아웃, 상대는 두산의 손시헌 선배. 나름 자신 있게 직구를 던졌는데 손시헌 선배의 노림수가 더 정확했다. 맞는 순간 타구 소리가 심상치 않았다. 홱 고개를 돌려 보니 타구는 멀리 전광판으로 날아가고 있었다. 125미터 대형홈런. 4대 4로 동점을 허용한 시즌 첫 블론세이브였다. 블론세이브는 팀 동료들의 노력을 모조리 수포로 돌려놓는 정말 면목 없는 일이다. 그런데 9회말 신명철 형이 1아웃 1, 2루에서 끝내기 안타를 쳐줬다. 동료들의 승리를 지켜야 하는 나를 오히려 동료들이 지켜준 것이다. 명철이 형한테 너무 고마웠다. 블론세이브와 1승을 동시에 올리다니. 2011년에는 새옹지마(塞翁之馬)라는 말이 떠오르는 상황이 참 많았다. 팀 동료들과의 호흡도 최고였다.

5월 중순부터 팀 성적이 가파른 상승 곡선을 그렸고 내 세이브도 늘어나기 시작했다. 26경기 만에 시즌 20세이브를 올리면서 최소경기 20세이브 타이기록을 세웠고 6월 28일에는 팀이 1,730일 만에 1위로 올라섰다. 나도 그날 22번째 세이브를 올렸다. 아시아신기록을 세웠던 2006년에 뒤지지 않는 페이스였다.

'새로운 아시아 신기록이 기대된다.'

'오승환이 제2의 전성기를 맞았다'라는 말이 들려왔다.

2011년 전문 트레이너의 도움까지 받으며 특별히 신경을 쓴 게 바로 '회복'이었다. 더 이상의 부상은 지긋지긋했다. 체계적인 준비의 효과는 여름이 되기 전부터 드러나고 있었다.

2011년 평균자책점은 올스타 브레이크에 들어설 때까지도 0점대를 유지하고 있었다. 0점대 평균자책점은 처음이었다. 투수라면 누구나 욕심낼 기록이었다. 세이브기록은 상황 의존도가 매우 높다. 팀이 너무 잘해도, 너무 못해도 세이브 횟수가 늘어나지 않는다. 하지만 그와 달리 평균자책점과 블론세이브는 전적으로 내 어깨에 달려 있다. 나만 잘하면 된다. 내심 선동열 감독님이 1993년 기록한 0.78의 평균자책점에 도전해보고 싶었다. 선 감독님은 규정이닝까지 채워 최다 세이브와 함께 평균자책점도 1위를 차지했다. 감독님 시절은 마무리투수가 2~3이닝은 기본으로 던지던 시기였으니 규정이닝을 채웠지만, 내겐 현실적으로 불가능했다. 하지만 0점대 평균자책점은 큰 동기부여가 됐다. 시즌 평균자책점은 0.63이었다.

2011년이 '기록의 해'였다면 8월은 '기록의 달'이었다. 시즌 37경기 째인 대구 넥센전에서는 장명부 선배님과 타이인 역대 최소 경기 30세이브 기록을 세웠다. 하지만 그보다 사람들의 관심이 쏠린 것은 최연소 200세이브 세계기록이었다. 8월 들어 4일 연속으로 세이브를 쌓았고, 10일 한화전에서 시즌 34세이브이자 통산 199세이브까지 뛰어올랐다.

구단에서 200세이브 행사를 따로 준비하기 시작했다. 팀의 초점이 나한테 맞춰지니 동료들에게 미안했다.

물론 200세이브의 의미는 컸다. 처음 마무리투수를 맡았을 때부터 모든 세이브는 승리로 이어진다는 걸 정확히 인식하고 있었다. 200세이브는 200번의 경기를 내가 매듭지었다는 의미인데 거기에 세계기록이라니, 더 바랄 게 없었다.

이틀이 지난 12일 대구 KIA전, 6대 3으로 앞선 7회에 몸을 풀었다. 불펜으로 나오자 3루 측을 가득 채운 관중들의 함성 소리가 더욱 커졌다. 8회초 2아웃 상황에서 마운드에 올라가라는 감독님의 지시에 상대 타자 안치홍을 헛스윙삼진으로 돌려세우고 마운드에서 내려왔다. 아슬아슬하게 첫 세이브를 올렸던 개막전이 떠올랐다. 8회말 타자들이 1점을 더 추가하며 7대 3이 됐다. 8회에 등판하지 않았다면 세이브가 성립되지 않았을 것이다. 감독님의 투수 교체 타이밍은 절묘했다. 점수차가 벌어지니 마음은 더 가벼워졌고. 9회초 선두타자 김상훈 선배를 루킹삼진으로 잡아내자 대구구장이 들썩이기 시작했다. 이어 이종범 선배에게 던진 슬라이더는 3루수 땅볼로 2아웃. 온몸에 흐르던 땀이 싹 식어버리는 기분이 들었다. 3번째 아웃카운트를 잡은 마지막 승부구는 역시 직구였다. 타자 이현곤 선배가 힘껏 밀어 쳤지만 타구는 1루수 박석민의 글러브 속으로 빨려 들어갔다. 시즌 35세이브이자 통산 200세이브가 기록되는 순간이었다.

석민이가 마지막 아웃을 잡은 공을 건네줬다. 팀 동료들이 더그아웃 앞에 일렬로 서 있었다. 하이파이브와 주먹 인사를 나누고 감독님 차례가 되자 평소와 다르게 포옹까지 하며 축하 말씀을 해주셨다. 하지만 기록을 세우면서도 미안했던 사람도 있었다. 200세이브 기록 때문에 승리투수 성환이 형은 잘 던지고도 묻혔고, 지만이도 내가 8회에 올라가는 바람에 홀드 기회를 날렸다. 그래도 지만이는 마운드에서 내려오며 기분 좋게 웃어줬다. 첫 세이브를 함께 했고 200세이브까지 함께 해준 갑용이 형에게도 너무 고마웠다.

만 29세 28일은 세계 최연소 기록이자, 한 · 미 · 일 통틀어 최소 경기 200세이브 기록이었다. 나는 334경기에 나서 200세이브를 올렸고, 미국의 조너선 파벨본은 359경기, 일본의 사사키 가즈히로는 370경기 만에 200세이브를 기록했다.

대구구장에서 축하 폭죽쇼가 시작됐다. 그런데 축하 중에 작은 소동이 벌어졌다. 축하 폭죽쇼가 과했는지, 전광판 위에 설치된 폭죽 발사대에 불이 난 것이다. 그때 나는 방송 인터뷰 중이었다. 나중에 TV를 보니 인터뷰를 하고 있는 내 뒤의 전광판에서 연기가 피어오르는 게 보였다. 불이 쉽게 꺼지지 않자 급기야는 소방차가 구장 안까지 들어와 불을 껐다.

"제가 가서 불 끌까요"라는 농담을 던졌다. 마무리투수를 소방수라고 하지 않나.

기록 달성은 계속됐다. 9월 10일 대구 LG전에서는 역대 최소 경기(47경기) 40세이브를 달성했다. 안타 3개를 맞으며 실점까지 한 쑥쓰러운 세이브였다. 9월 28일 잠실 두산전에서는 거둔 45세이브이자 23경기 연속 세이브였다. 무엇보다 이날은 팀이 5년 만에 페넌트레이스 우승을 확정지은 날이었다.

이제 마음이 홀가분해지면서 2006년 세운 한 시즌 최다 세이브 아시아신기록(47세이브)이 의식되기 시작했다. 쉽게 오지 않을 기회라서 다시 기록을 깨고 싶은 마음도 들었다. 10월 1일 47세이브째를 거뒀을 때 일정 상 4경기가 남아있었다. 하지만 결국 타이기록에 그쳤다. 세이브가 성립되는 상황이 만들어지지 않다. 역시 세이브는 팀의 도움을 받아야 이룰 수 있는 기록이다. 최종전에서도 몸을 풀긴 했지만 등판하진 않았다. 류중일 감독님은 "인위적으로 상황을 만들어줄 수도 있겠지만 놓인 상황을 따르는 게 야구"라고 하셨다. 전적으로 공감했다.

47세이브도 만족스러운 기록이었다. 2006년과 개수는 같아도, 2006년에는 63경기 만에, 2011년은 54경기에 세운 기록이었다. 특히 '세이브'라는 말에 걸맞는 위기 상황이 많았다. 동점 및 역전 주자가 나간 상황에서 거둔 터프세이브가 3개, 1점차 상황에서 거둔 세이브도 19개나 됐고, 덤으로 0점대 평균자책점까지 달성했다.

1승 무패 47세이브, KBO 최초의 무패 구원왕. 무패라는 말이 그 무엇보다 마음에 들었다.

10초 동안의 블론세이브

2011년 한국시리즈에 직행한 우리 팀에게 19일이나 되는 꿀맛 같은 휴식이 주어졌다. 실전 감각을 위해 자체 청백전으로 전력을 점검했다. 경기가 끝나고 나니 문제가 터져 있었다. 글러브를 도난당한 것이다. 나 외에도 현욱이 형과 지만이 것도 사라졌다. 물론 여분의 글러브가 있으니, 훈련에는 지장이 없었지만 47세이브를 함께 한 글러브라 아쉬움이 진했다. 나는 구원패를 당하면 쓰고 있던 장비를 전부 새것으로 바꿔서 기분을 가다듬곤 하는데 2011년에는 단 한 번의 패배도 당하지 않았기 때문에 47세이브를 거둔 글러브를 계속 쓰고 있었다. 바로 그 글러브를 도난당했으니 마음이 좋지 않지 않았다. 그러나 아쉬워할 필요가 없었다. 자체 청백전에서 1이닝을 깔끔히 막아냈다. 새 글러브와의 출발이 산뜻했다.

한국시리즈 상대는 SK 와이번스로 결정됐다. 1년 전 한국시리즈에서 0대 4 스트레이트 패배를 당한 팀과의 리턴매치였다. SK와 삼성의 입장은 정반대가 되었으니 1년 전 당한 굴욕을 갚아줄 절호의 기회였다.

한국시리즈 미디어데이에서 SK 이만수 감독대행은 '오승환 공략법'을 따로 언급했다. 내가 나오지 못하게 초반에 많은 점수를 내겠다는 것이었다. 공교롭게도 나는 평소보다 빨리 투입되기로 예정되어 있었다. 류중일 감독님은 "승부처에선 2이닝도 맡길 수 있다"고 말씀하신 터였다.

1차전 선발은 삼성 덕 매티스와 SK 고효준, 선발의 무게감만 봐선 우리가 우세해 보이는 라인업이었다. 그러나 우리 타자들은 고효준의 공을 공략하지 못했다. 기회는 SK쪽이 더 많았다. 1, 3, 4회에 계속해서 선두타자를 출루시켰다. 그렇다고 균형이 한쪽으로 기울 정도는 아니었다. 4회초 위기를 넘기자 4회말 우리 타선이 집중하기 시작했다. 1아웃 후 4번 형우가 좌중간 2루타를 날렸고 5번 강봉규 형이 몸에 맞는 공으로 나가 1아웃 1, 2루. 드디어 방금이라도 균형이 무너질 것 같은 장면이 찾아왔다. 응원석 분위기는 라커룸에 있던 내게도 그대로 전해질 만큼 뜨거웠다. 하지만 다음 타자 6번 채태인은 삼진으로 물러나 2아웃에 그대로 1, 2루. 분위기는 싸늘하게 식어버렸다. 결정적 한 방은 이럴 때 찾아오는 법일까? 7번 타자 신명철 형이 고효준의 7구째를 두들겨 쭉 뻗는 타구를 날렸다. 주자 일소 2루타. 승부의 무게가 삼성에게 확 기울었다. 최고의 투수전으로 전개되던 이 경기에서 2대 0은 적지 않은 점수 차이로 느껴졌다. 게다가 6회말 삼성은 1아웃 만루라는 절호의 기회를 잡았다. 득점을 수확하지 못했다. 이제 SK에게 기회가 찾아올 차례였다. 그 기회를 막아내기 위해 삼성의 '지키는 야구'가 버티고 있었다.

5회부터 마운드에 올라 간 차우찬은 삼성의 지키는 야구가 얼마나 탄탄한지 SK 타선에게 확실하게 알려줬다. 7회까지 2이닝 동안 삼진 5개를 솎았다. 나도 몸을 풀었다. 8회에는 지만이가 나가 2아웃을 잡았고 SK에게 남은 기회는 아웃카운트 4개로 줄어 있었다. 타석에 좌타자 박재상이 들어서자 삼성은 좌완 혁이를 내보냈다. 하지만 혁이는 박재상을 막아내지 못하고 안타를 맞았다. 더그아웃에 있던 오치아이 코치님이 사인을 보냈다. 내 차례였다. 내게 맡겨진 임무는 4개의 아웃카운트를 잡아내는 거였다.

1년 만의 한국시리즈 무대. 1년 전 1차전 5회에 나섰다가 다시는 5회에 마운드에 올라가지 말아야겠다고 다짐할 정도로 쓴맛을 봤지만 지금은 8회였다. 물러설 이유가 없었다. 2점차에 빠른 발을 가진 주자가 1루에 나와 있는 상황, 타석에 최정이 들어섰다, 리그 최상급 타자이자 큰 것을 날릴 펀치력까지 갖춘 선수다. 긴장 탓인지 몸이 살짝 무거웠다. 3볼-1스트라이크로 카운트가 몰렸고 타자와 승부를 걸 수밖에 없는 장면이 찾아왔다.

반드시 카운트를 잡아내야 하는 순간, 내가 선택한 건 온 힘을 실은 직구였다, 전광판에 149킬로미터라는 숫자가 찍혔고 최정의 방망이도 튀어나왔다.

타구는 큰 포물선을 그리며 중앙 펜스를 향해 뻗어 나갔지만 끝까지 가진 못했다. 펜스를 10미터 정도 남겨 놓고 힘이 빠진 공은 중견수 배영섭의 글러브에 쏙 들어갔다. 3개의 아웃이 남았다.

9회 첫 타자는 가을만 되면 펄펄 난다는 '가을남자' 박정권 형. 초구는 직구, 다음도 직구, 계속해서 공 5개 연속으로 직구를 던졌다. 결국 5구째 148킬로미터 직구는 3루수 파울 플라이 아웃을 이끌어냈다. 이제 남은 아웃카운트는 2개.

후속타자 안치용 형은 148킬로미터 직구로 헛스윙삼진, 마지막 타자 이호준 형 역시 150킬로미터 직구에 삼진으로 돌려세웠다.

1차전 임무를 완벽하게 수행하자 나도 모르게 주먹을 불끈 쥐고 왼쪽가슴을 팡팡 쳤다. 나중에 생각하면 조금 창피한 세리머니였다. 내 마지막 공을 받아준 갑용이 형이 늘 그랬듯 마운드로 걸어와 악수를 청했다. 함께 하늘을 찌르는 세리머니도 잊지 않았다. 포스트시즌에서 세이브를 올린 건 2008년 이후 처음이었고 한국시리즈 세이브는 2006년 이후 처음이었다. 한국시리즈 4번째 세이브는 한국시리즈 최다 세이브 기록과 타이였다.

이날 작정하고 직구를 던졌다. 4타자를 상대하며 던진 20개의 공 중에 18개가 직구였다. 무조건 직구로 찍어 누르고 싶었다. 갑용이 형도 내 마음을 알고 있었다. 형은 정말 좋은 포수다.

2차전도 접전이었다. SK 선발 윤희상이 어깨 통증으로 1이닝 만에 내려갔지만 SK의 투수들은 만만치 않았다. 이날도 좋은 기회를 먼저 잡은 건 SK였다. SK는 2아웃 1, 2루, 노아웃 2, 3루의 좋은 기회를 2번 다 놓쳤다. 2번 모두 최정의 2루타로 만들어진 기회였다.

오히려 삼성이 0의 행진을 끝냈다. 선두타자로 나선 형우가 볼넷을 얻어 물꼬를 텄고 이어 봉규 형과 갑용이 형이 안타를 치고 나가 2아웃 만루. 타석에는 골절상에서 돌아온 배영섭. 마운드에는 SK 불펜의 핵 박희수가 올라가 있었다. 영섭이는 박희수의 공에 2스트라이크까지 몰린 후, 연속으로 공을 커트하며 버텼다. 그리고 6구째의 커브를 놓치지 않았다. 2타점 적시타. 경기가 요동치기 시작했다.

우리는 곧장 승리 공식대로 경기를 몰고 갔다. 즉시 오준이 형이 나섰고 지만이가 7회까지 SK 타선을 틀어막았다. 여기까지는 계획대로였다. 하지만 현욱이 형이 살짝 흔들렸다. 박재상이 2루타, 최정이 볼넷으로 출루하면서 노아웃 1, 2루, 다음 타자 정권이 형이 적시타를 날려 2대 1로 따라잡았다. 여전히 노아웃 1, 2루였다. 오치아이 코치님은 현욱이 형에게 올라가며 힐끗 나를 바라보셨고 감독님은 내게 손짓을 보냈다.

상황이 안 좋았다. 2대 1로 쫓기는 시작한 상황이라 더 부담이 컸다. 노아웃에 역전주자까지 나가있는 상황. 게다가 상대타자는 이날 안타가 없던 치용이 형이었다. 전 타석까지 안타를 치지 못한 타자를 상대할 땐 마음이 편하지 않냐고 물어보는 사람들이 있는데, 그렇지 않다. 평소 타율이 3할인 타자가 안타를 치지 못하고 있다면 다음 타석에서 안타를 칠 확률이 점점 높아진다는 뜻이다.

하지만 이런 순간을 막아내야 하는 것이 마무리투수다. SK 벤치는 보내기 번트를 지시한 듯했다. 갑용이 형도 번트에 대비하라는 사인을 보냈다. 내 선택은 역시 번트대기 어려운 공, 높은 직구였다.

144킬로미터의 높은 직구가 날아오자, 구부정한 번트 자세를 취하던 치용이 형이 놀랐는지 배트를 완전히 빼지 못했다. 배트와 공이 어정쩡하게 부딪치자 '틱' 하는 둔탁한 소리가 들렸다. 공은 포수 머리 위로 높이 떠올랐고 갑용이 형이 가볍게 포수 파울 플라이를 잡아냈다. 원아웃.

SK에게 넘어가던 흐름이 뚝 끊겼다. 여전히 1아웃 1, 2루의 기회를 맞고 있었지만 SK 벤치의 분위기는 차갑게 식었다. 다음 타자는 김강민. 위기 상황에서 역시 직구였다. 5구의 직구가 계속해서 갑용이 형의 미트를 향했다. 강민이도 150킬로미터의 직구를 커트하며 맞섰지만 바깥쪽 스트라이크존으로 들어가는 148킬로미터 직구를 놓쳐 삼진으로 물러났다. 2아웃. 주자는 여전히 움직이지 못했다.

흐름이 완전히 내 쪽으로 넘어온 것 같았지만 착각이었다. 다음 타자 최동수 형과의 승부에 너무 안일하게 임했다. 2구째의 직구가 한가운데로 쏠렸고 동수 형은 가볍게 배트를 돌렸다. 맞는 순간 '아차' 하며 타구 방향으로 고개를 돌렸다. 타구는 외야로 넘어가고 있었다. 깨끗한 안타였다.

'멍청이.'

백업을 위해 홈플레이트 쪽으로 뛰며 스스로를 자책했다. 하필 이렇게 중요한 경기에서 블론세이브라니. 현욱이 형의 자책점을 늘린 것도 미안했다.

하지만 여전히 2011년은 나의 해였다. 반전이 기다리고 있었다. 반전을 만들어낸 주인공은 중견수 이영욱. 2루 주자 최정이 느릿느릿 뛴 것도 아니었다. 최정도 전력질주 후 슬라이딩까지 하며 홈으로 뛰어들었지만 이영욱의 송구가 너무 빠르고 정확했다. 송구를 받은 갑용이 형의 위치 선정 역시 기가 막혔다. 최정이 홈으로 미끄러져 들어갈 때 공은 이미 갑용이 형의 미트에 돌아와 있었다.

동수 형이 내 공을 친 순간부터 고작 10초가 지났을 뿐인데 현욱이 형의 자책점과 내 블론세이브가 사라져버렸다. 심판의 아웃 판정을 확인하자 나도 모르게 입 꼬리가 올라갔다. 무안한 마음에 괜히 발을 툭툭 굴렀다.

삼성은 되살아났고 SK는 통한의 동점기회를 날렸다. 류중일 감독님의 박수와 이만수 감독대행의 찌푸린 표정은 너무나 대조적이었다. 더그아웃에서 팀 동료들은 영욱이의 머리를 두들기고 있었다.

영욱이 덕에 가슴을 쓸어내린 만큼 9회는 완벽하게 막아야 했다. 오승환다운 모습을 보여주고 싶었다. 9회 타석에 오른 타자 셋을 연속 삼진으로 돌려세웠다. 한국시리즈 2승.

'10초 동안의 블론세이브'는 머쓱하게도 '한국시리즈 최다 세이브' 기록으로 바뀌어 있었다.

경기가 끝난 후, 곧바로 3, 4차전이 벌어질 인천으로 이동했다. 동료들은 모두 인천에서 한국시리즈를 끝내고 싶어 했다. 작년의 0대 4 치욕을 그대로 갚아주고 싶었다. 하지만 SK는 만만치 않았다. 3차전에서 패해, 승부는 잠실까지 이어지게 됐다.

4차전 시소게임의 기선을 먼저 제압한 건 삼성이었다. 1회초 배영섭이 몸에 맞는 볼로 진루한 후, 공이 빠진 사이에 3루까지 진루했고, 박석민의 2루타 때 홈을 밟았다. 연이어 강봉규 형이 적시타를 날리면서 삼성은 2대 0으로 달아났다.

SK도 만만치 않았다. 3회말 2아웃 만루 정권이 형의 타석 때 성환이 형의 공이 뒤로 빠지면서 1점을 따라붙었다. 2대 1로 쫓기던 삼성이 신명철 형의 투런홈런과 최형우의 솔로홈런으로 5대 1까지 점수차를 벌리자 SK도 박재상의 홈런으로 3점을 따라붙었다. 다행히 지만이가 SK의 후속 공격을 틀어막았다.

우리는 8회 2점, 9회 1점을 추가해 점수차를 4점으로 벌렸다. 9회 말 마운드는 내 차례였다. 첫 타자 정근우에게 중전 안타를 맞긴 했지만 다음 세 타자는 삼진 두 개와 땅볼로 돌려세웠다. 이제 잠실에서 1승을 거두는 것만 남아있었다.

5차전 선발은 차우찬과 브라이언 고든. 이날도 투수전이었다. 4회 말 봉규 형이 솔로포로 균형을 깨 1대 0으로 앞서갔다. 우찬이는 7회까지 7탈삼진 무실점으로 SK타선을 완벽하게 봉쇄했다.

이날 경기 전 인터뷰에서 류중일 감독님은 "10대 0으로 이기고 있더라도 마지막에 오승환을 내겠다"고 하셨지만 스코어는 10에서 0이 하나 빠진 1대 0이었다. 박빙의 리드 속에 지만이가 2아웃 1, 2루 상황에서 내게 공을 넘겼다. '라젠카 세이브 어스' 음악이 들리고 전광판에 '끝판대장 오승환'이라는 글자가 뜨자 SK 응원단이 조용해지는 느낌이 들었다.

상대 타자 치용이 형은 초구부터 배트를 냈다. 다소 싱겁게도 지만이가 만들어둔 2아웃 1, 2루 위기는 1구 만에 마무리됐다.

9회초, 동수 형과 강민이를 뜬공으로 잡아내고 마지막으로 정상호와의 대결이 남아있었다. 4구째 몸쪽 강한 직구에 정상호의 배트가 둘로 갈라졌다. 공은 힘없이 3루로 굴러갔고 박석민이 1루로 송구했다. 5년 만의 우승이었다.

마운드를 향해 달려오는 갑용이 형과 누가 먼저랄 것 없이 온몸을 던지며 포옹했다. 언제 왔는지 마지막 아웃을 결정지은 1루수 채태인도 날 향해 몸을 내던지고 있었다.

5년 전 우승했을 때 춤춘 걸 그렇게 부끄러워 하고서 또 춤을 췄다. 이번에는 셔플댄스였다. 연신 플래시가 터졌지만 아랑곳하지 않았다. 부끄러운 건 나중에 생각하고 일단 즐겨야 했다.

한국시리즈 MVP로 뽑혔다는 소리가 들려왔다. 기자단 투표에서 총 66표 중 46표를 얻었다. 데뷔 해인 2005년에 이어 두 번째 한국시리즈 MVP였다. 2005년 한국시리즈는 너무 긴장했는지 기억나는 게 별로 없었지만 2011년 MVP의 기분은 정말 남달랐다.

우승 축하연은 서울 숙소인 청담동 리베라호텔로 장소를 옮겨 계속됐다. 2005년과 2006년 한국시리즈 우승 후에 축하연을 벌인 바로 그 장소였다.

마무리캠프에서 정희열 코치님이 하셨던 말씀이 떠올랐다.

"그래, 오승환이 돌아왔네."

OH SEUNGHWAN

4장

넓은 무대로 떠날 자격

SHOH

22

경기장 밖에서 저지른 블론세이브

정규리그 최우수선수(MVP) 후보가 발표됐다. 롯데의 이대호, KIA의 윤석민, 그리고 삼성 팀 동료인 최형우와 내가 후보에 올랐다. 나는 이미 페넌트레이스 막판부터 유력한 MVP 후보로 꼽혔고 경쟁자로는 석민이와 형우가 거론되고 있었다. 석민이는 그해 다승(17승)과 평균자책점(2.45), 탈삼진(178개), 승률(0.773) 부분에서 1위에 올라 1991년의 선동열 감독님 이후 20년 만에 투수 4관왕에 올랐다. 형우도 홈런, 타점, 장타율 등 타격 3관왕을 차지하며 삼성 우승에 일등공신 역할을 했다. 나는 세이브 부문 1위를 차지했을 뿐, 타이틀만 따지면 석민이와 형우에 비해 많이 초라해 보였다.

그러나 여론의 분위기와 타이틀의 숫자는 달랐다. 류중일 감독님이 “정규시즌, 한국시리즈 우승은 모두 오승환 덕분”이라고 공개적으로 지원해주셨고 그 덕인지 ‘한국 프로야구도 이제 마무리투수가 정규리그 MVP를 수상해야 한다’는 분위기가 형성됐다. 정규시즌 MVP를 수상한다면 한국시리즈와 정규시즌 MVP를 동시에 수상하는 최초의 선수가 된다는 점이 무척 매력적이었다. 게다가 그것이 마무리투수의 중요성을 인정받는 측면이라면 더할 나위 없었다.

다른 보직에 있는 선수들도 다들 고충이 있겠지만 마무리투수의 고충은 마무리투수만이 진심으로 이해할 수 있다. 나는 어느 정도 인정을 받고 있는 마무리투수였지만 아직 제대로 인정받지 못하는 불펜투수, 마무리투수들이 많았다. 그 앞에서 뛰고 있는 내가 잘해서 대접을 받아야 동료, 후배 마무리투수들이 더 인정받을 수 있다는 생각이 머릿속에서 사라지지 않았다.

시즌의 막바지였던 9월에 내 입으로 했던 말이 떠올랐다.

“48세이브 신기록을 달성한다면 정규시즌 MVP에 도전하고 싶다. 내가 만약 MVP가 된다면 어린 선수들이 처음부터 불펜투수로 뛰는 것에 대한 거부감이 줄어들 것 같다. 하지만 48세이브를 못한다면 형우가 받는 게 좋지 않겠나.”

형우도 29홈런을 치고 있을 때 비슷한 취지의 말을 했다.

“타점왕까지 3관왕을 하지 못하거나, 홈런 30개 이상을 치지 못한다면 승환이 형을 밀겠다.”

형우와 내가 이런 말을 한 시기는 MVP보다 팀 우승에 목말라 있을 때였다. 결과적으로 삼성 라이온즈는 정규시즌에서 우승했고, 한국시리즈를 제패했다. MVP가 삼성에서 나오는 게 전혀 이상한 일이 아니라 생각했다. 그런 상황에서 만약 나와 형우가 경쟁하다가 MVP를 다른 팀에 내주는 사태가 생긴다면 너무 아쉬울 것 같았다. 그런 사태가 생기느니 차라리 일찌감치 공개적으로 형우를 밀어주는 게 어떨까 싶었다. 지금 생각해보면 참 순진한 발상이라고 헛웃음이 나오지만 그때는 진지했다. 나는 세이브 신기록을 세우지 못했고, 형우는 타격 3관왕과 30홈런을 달성했으니 내가 한 말에 책임지고 싶었다. 그리고 내가 보기에 형우는 MVP를 받을 자격이 충분해 보였다.

MVP 투표를 나흘 앞두고 구단에 MVP 후보에서 물러나겠다는 뜻을 전했다. 내가 구단에 설명한 취지는 이랬다.

"선발 투수만 중요한 것이 아니라는 사실을 강조하고 싶어 MVP에 도전하고 싶었지만 한국시리즈가 끝난 후 고민 끝에 MVP 후보에서 물러나기로 결정했다."

언론 기사가 쏟아져나왔다. MVP 후보를 양보하는 건 전례가 없는 사태였다. 대부분 기사들이 MVP는 선수가 입후보하는 게 아니라 그 해 프로야구를 대표할 만한 성적으로 결정된다는 점에서 논란이 예상된다는 내용이었다. 내 선의는 이미 사라져버렸다. '아차' 싶었다. MVP 후보는 사퇴할 수도, 양보할 수도 없는 자리라는 건 처음부터 알고 있었다. 다만 내게 올 표가 형우한테 가길 바라는 마음이었다. 결론부터 말하면 건방진 발언이었다. 너무 시야가 좁았다. 팀밖에 보지 못한 것이다. MVP는 우승팀 선수 중 한 명을 뽑는 상이 아니라, 한 해 동안 노력한 프로야구 선수 전체의 대표를 뽑는 뜻깊은 상이었다. 내 의견을 피력할 수는 있을지 몰라도 건방지게 누굴 줘라 마라 할 입장이 아니었다.

이 잘못된 발언으로 태어나서 가장 많은 욕을 먹었다. 다른 팀을 응원하는 팬들도 내게는 대체로 호의적이었기 때문에 악플에 시달리는 일도, 욕을 들을 일도 거의 없었는데 이때 평생 먹을 욕을 다 먹었다. 심지어 날 응원해준 팬들의 비난도 들어야 했다.

"MVP투표를 초등학교 반장선거 취급했다."

"정규시즌 MVP의 가치를 훼손했다."

따끔한 한 마디도 들었다.

"다른 후보는 오승환의 양보로 MVP를 수상한 셈이 되는 거냐."

"최형우가 MVP가 된다 해도 '오승환의 양보로 수상한 MVP'라고 가치가 폄하된다."

생각이 짧았다. 석민이와 대호한테 너무 미안했다. 나 때문에 석민이와 대호가 큰 상을 받아도 씁쓸할 것 같다는 생각에 후회가 됐다. 형우한테도 마찬가지였다. 야구 인생 최대의 블론세이브였다.

7일 열린 MVP시상식의 주인공은 석민이었다. 석민이는 기자단 총

투표 91표 중 62표를 얻어 수상자로 결정됐다. 석민이의 MVP 수상을 진심으로, 조용히 축하했다.

트리플크라운 달성

2011년 정규시즌과 한국시리즈에서 우승하자 자연스레 목표는 * 아시아시리즈로 향했다. 아시아시리즈마저 우승한다면 트리플크라운 달성이라고 말할 수 있을 것 같았다.

2008년 이후 3년만에 열리는 아시아시리즈는 중국 대표가 빠지고 호주 대표가 참가하는 등 여러 변화가 있었다.

류중일 감독님은 "아시아시리즈도 우승하겠다"고 도전장을 내밀었다. 코나미컵이라는 이름으로 열린 2005년 대회는 준우승, 2006년에는 대만한테도 밀려 3위에 그쳤다. 삼성뿐 아니라 한국 팀이 우승한 적은 없었다.

아시아시리즈에서 성적이 그럭저럭이었던 가장 큰 이유는 주축

선수들이 많이 참가하지 않기 때문이다. 외국인 투수 원투 펀치인 덕 매티스와 저스틴 저마노는 일찌감치 불참 의사를 밝히고, 미국으로 돌아갔다. 윤성환이 형과 차우찬은 어깨 피로 누적으로 조기 귀국했고, 안지만은 기초군사훈련을 받기 위해 전력에서 이탈했다. 투수들이 많이 빠진 상황이라 남은 투수들, 특히 필승조에게겐 험난한 일정이 될 게 뻔했다.

그래도 참가한 이유는 팀에서 참가하자 한 대회에 빠진 적도 없었거니와, 최고의 한해인 2011년의 피날레를 아시아시리즈 우승으로 완성하고 싶었다. 어쨌든 국제대회 아닌가.

그해 아시아시리즈는 한국, 일본, 대만, 호주 4개 팀이 풀 리그제로 예선을 치르고 1 · 2위가 결승전을 치르는 방식이었다.

첫 상대는 호주대표인 퍼스 히트. 세미 프로팀이라고는 했지만 얕잡아 볼 상대는 아니었다. 장원삼이 선발로 나섰지만 3회초 선취점을 내준 것. 하지만 곧바로 3회말 경기를 뒤집었고 나는 10대 2로 승

아시아시리즈(코나미컵)

2005년부터 시작된 아시아 국가 간의 국제 야구대회. 호주와 이탈리아 프로팀이 참가하기도 했다. 매년 11월경 열리며 각 나라의 프로야구 리그 우승팀들이 경기를 펼친다. 코나미사가 2007년 대회까지 스폰서를 맡아 '코나미컵'으로 불리기도 했지만, 2008년과 2011년 대회는 아시아시리즈라는 명칭만 사용했다. 2009년과 2010년에는 아시아시리즈가 개최되지 못하고 대신 일부 국가끼리 비슷한 대회를 개최했다. 2011년 대만에서 재개된 아시아시리즈에서 삼성 라이온즈가 한국팀 중 최초로 우승했다. 2012년에는 한국 부산에서 개최돼 '마구매니저 아시아시리즈2012'라는 대회명칭을 사용했다. 2013년에는 대만에서 대회가 개최됐지만 2014년에는 대회가 열리지 않았다.

부가 사실상 결정난 9회 2아웃에 등판했다. 사실 굳이 내가 나설 장면은 아니었지만 컨디션 조절 차원에서 아웃카운트 하나를 잡으러 나선 거였다. 하지만 컨디션을 조절할 시간도 없었다. 내가 던진 초구를 상대 타자 기븐스가 건드렸고 공은 외야 높이 떴다. 단 한 구만에 경기가 끝났다.

이튿날 강적 일본 소프트뱅크 호크스와의 경기였다. 하지만 아무것도 해보지 못하고 0대 9로 완패했다. 황망했지만 아직 예선에 불과했다. 풀리그전인 만큼 아직 기회는 있었다. 예선 3차전이 가장 중요한 경기였다. 소프트뱅크는 2승으로 결승진출을 확정지었고, 한국의 삼성과 대만의 퉁이 중 한 팀만이 결승에서 다시 소프트뱅크에게 복수의 칼을 겨눌 수 있었다.

27일 타오위앤 국제구장에서 치열한 경기가 벌어졌다. 9회말 내가 나섰을 땐 3점차였다. 1만 2,000석의 국제구장을 꽉 채운 팬들이 일방적으로 대만을 응원했다. 대만의 홈경기니 당연한 일이었다. 아무렇지 않았다. 초구에서 151킬로미터가 전광판에 찍히자 관중석에서 웅성거리는 소리가 들렸다. 전광판에 4번 연속으로 150킬로미터대 구속이 찍혔고, 첫 타자 구어준요우는 헛스윙 삼진으로 물러났다. 대만응원석이 조용해졌다. 이 경기에서 150킬로미터대의 직구를 지켜본 현지 언론이 시끄러워졌다. 소프트뱅크의 간판타자 우치카와 세이치는 한국 취재진과의 인터뷰에서 "오승환을 만나고 싶지 않다"

고 말해서 일본에서 화제가 됐다.

눈앞의 목표는 아시아시리즈 우승이었고 그 마무리를 내가 장식하고 싶었다. 류중일 감독님도 "예선전과는 달리 결승전에서는 주축투수들이 총출동한다. 결코 쉽게 점수를 주지 않을 것"이라며 총력전을 예고했다. 그리고 마지막으로 한 마디 덧붙이셨다.

"오승환이 세이브를 올리는 장면을 보고 싶다."

절묘한 응원의 한 마디였다. 분명한 건 결승전에서는 이기고 있건 지고 있건 마운드에 오른다는 것이었다.

하루 쉰 후 29일, 타이중 인터컨티넨털 구장에서 열린 결승전, 원삼이가 선발로 마운드에 올랐다. 소프트뱅크의 공격은 1회부터 거셌다. 1회말부터 마쓰다 노부히로의 좌익선상에 떨어지는 적시 2루타로 선취점을 내줬다. 다행히 원삼이는 2회부터 안정을 되찾고 실력을 발휘하기 시작했다. 그에 부응하듯 타자들도 분발해서 점수차는 5대 1로 벌어졌다. 그런데 혁이가 연속 안타를 맞는 바람에 노아웃 1, 2루의 위기에 몰렸다. 내 등판은 생각보다 빨라졌다.

아무리 4점의 여유가 있다 해도, 득점권 주자가 남아있는 상황에서 마운드에 올라가는 건 언제나 부담스러운 일이다. 게다가 첫 상대가 강타자 우치카와고 다음 타자는 4번 마쓰다 노부히로였다. 신중해야 했다. 그렇지만 마무리투수는 상대 타자와의 기싸움에서도 져선 안 된다. 상대가 일본시리즈를 제패한 소프트뱅크라는 것, 타석에 들어선 타자가 일본 타격왕이라는 것, 그리고 무대가 아시아시리즈 결승전이라는 건 머리에서 지워버렸다. 이럴 때 타자를 이기는 방법은 모든 집중력을 승부에 쏟아 붓는 것이다. 게다가 서로의 약점도, 강점도 모르는 처음 만나는 상대, 이럴 때 가장 좋은 방법은 가장 믿음직한 공을 던지는 거였다.

결과는 좋지 않았다. 이틀 전 예선전 때 150킬로미터대를 던졌을 때만큼의 구속이 나오지 않았다. 상대를 완벽하게 압도하기엔 부족했는지 우치카와는 위에서 내려찍는 듯한 가벼운 스윙으로 중전안타를 만들었다. 노아웃 만루. 하지만 다음 타자 마쓰다 머릿속은 내 직구로 머릿속에 가득해 보였다. 이럴 때 슬라이더가 먹히겠다 싶었다. 슬라이더의 변화에 걸려든 마쓰다는 병살타로 물러났다. 1점을 주긴 했지만 한숨 돌렸다 싶어 긴장이 살짝 풀렸는데 다음 좌타자 하세가와에게 1타점 중전 안타를 얻어맞고 말았다. 4점의 여유가 2점으로 줄어 있었다. 더 이상은 실점해선 안 된다는 절박감에 땀이 흘러내렸다. 그러나 끝이 아니었다. 후속타자 아카시에게도 안타를 맞았다. 다시 2아웃 1, 2루의 위기 상황. 2아웃을 잡았다고 마음을 놓을 때가 아니었다. 다행히 다음 타자 후쿠다는 좌익수 플라이로 잡고 이닝을 마무리했다. 혁이의 주자를 전부 홈으로 불러들여 혁이한테 고개를 들 수 없었다. 소프트뱅크 타자들이 내 직구를 철저히 준비했다는 생각이 들었다. 일본 타자들은 낮은 공을 절묘하게 커트하며 승부를 자신들에게 가져가고 있었다. 일본 특유의 배트를 짧게 잡는 타법에 말려들고 있었다. 나도 그들을 상대하는 최적의 방법을 선택해야 했다. 9회 들어 스타일을 조금 바꿨다. 류중일 감독님도 "변화구를 조금 더 섞어야겠다"라고 조언해주셨다. 스타일 변화의 효과는 탁월했다.

8회는 그렇게 길었건만 9회 승부는 편안했다. 첫 타자 이마미야는 슬라이더를 보여주다가 몸쪽 직구로 삼진을 잡았고, 다음 타자 호소카와는 한가운데로 들어가는, 카운트를 잡는 슬라이더로 삼진을 얻어냈다. 호소카와는 직구를 기다리고 있었는지 스탠딩삼진을 당한 후 너무 아까워했다. 다음 타자 가와사키도 변화구로 땅볼을 이끌어냈다. 한국 팀이 처음으로 아시아시리즈에서 우승한 순간이자 2011 시즌 삼성의 트리플크라운이 완성되는 순간이었다. 8회 내준 2점 때문에 기분이 개운하진 않았지만 긴 한 해를 마감하는 순간이니 블론을 주지 않은 걸 순수하게 기뻐하기로 했다.

만약 9회에도 직구를 고집했다면 결과가 어떻게 바뀌었을지 모르는 일이다. 직구만이 능사가 아닐 수도 있다. 하지만 더 강한 직구가 답일 수도 있다. 이 문제는 한 순간에 풀어낼 수 있는 것이 아니었다. 다른 무대에 나설 때를 위한 새로운 숙제였다.

6실점의 악몽

새해 첫날은 괌에서 맞기로 했다. 성환이 형과 함께 다른 선수들보다 보름 정도 빨리 괌으로 출발했다. 2년의 공백 후, 매 시즌 꾸준한 성적을 내기 위해서 내게 맞는 몸 관리가 필요하다는 것도 절감했다. 12월말부터 훈련을 시작하는 게 내게 가장 적합한 타이밍인 듯했다.

괌 캠프의 목표 중 하나는 1년 전 배운 투심패스트볼을 더 가다듬는 거였다. 나도 슬그머니 제3의 구질이 필요하다고 느끼고 있었다. 투심은 흔히 직구라고 불리는 포심패스트볼과는 달리, 홈플레이트 앞에서 아래로 살짝 떨어지기 때문에 직구와 슬라이더를 보완하기 적합한 구질이다. 사실 2011시즌에도 간간히 던져 재미를 봤다. 투심패스트볼에 배트가 나온 타자를 땅볼로 아웃시키는 건, 직구로 삼진을 잡는 것보다 더 맛깔나는 재미가 있었다. 하지만 직구 역시 소홀히 하지 않았다. 직구는 내 피칭에서 가장 크고 소중한 존재였다. 직구 없이는 슬라이더도, 투심도 의미가 없었다. 직구의 회전력을 높여 더 볼끝을 좋게 만드는 것도 캠프의 목표 중 하나였다. 40~50미터 거리의 투구연습에 열중했다. 이렇게 훈련하면 볼의 회전을 한 눈에 볼 수 있다.

삼성 팀 동료들이 괌으로 넘어오면서 훈련이 즐거워졌다. 우승을 한 다음이라 그런지 캠프 분위기가 너무 좋았다. 류중일 감독님은 선수들과 일일이 2012시즌 성적을 가지고 내기를 걸었다. 높은 목표를 잡고 목표를 달성하면 감독님이 선수에게 500만 원을 주고, 목표 달성에 실패하면 선수가 감독님께 500만 원을 드리는 내기였다. 나는 블론세이브 3개 이하를 선언했다. 차우찬은 포스트시즌까지 합쳐 15승을, 박석민은 100타점을 걸었다. 감독님도 선수도 서로 윈-윈하는 내기였다. 그만큼 우리 모두 서로에게 거는 기대가 컸다. 감독님은 "모두가 목표를 달성하면 무조건 우승이다. 제발 다들 내 돈을 따가라"라며 껄껄 웃었다. 기분 좋은 캠프였다.

2012년은 시범경기부터 불안불안하게 시작했다. 시범경기 후반, 처음 나선 SK와의 경기에서 블론세이브와 투런홈런까지 맞았다. 홈런을 친 안정광은 2010년 데뷔 후 정규시즌에서 단 1개의 홈런도 기록하지 못한 무명선수였다. 유명, 무명선수를 따지고 있었던 것부터 문제였다. 내 상대들은 모두 야구에 인생을 걸고 프로무대를 뛰고 있는 선수들 아닌가. 그러나 시범경기에서 한 차례 더 블론세이브를 저질렀고 불안 속에서 시즌 개막을 맞이해야 했다.

시즌 초반 팀 성적도 불안했다. 개막전부터 내리 3연패를 당했고 등판 기회도 오지 않았다. 첫 세이브를 거둔 건 개막으로부터 일주일이 지난 후였다. 그 후로도 팀은 냉탕과 온탕을 오갔다. 연승을 하다가도 연패에 빠지고, 다시 연승하는 들쭉날쭉한 상황이 이어졌다. 그러던 중 벌어진 롯데와의 경기에서 잊을 수 없는 쓰디쓴 순간을 맛보고 말았다.

2대 0으로 앞선 9회초 마운드에 올랐다. 상대 타자는 전준우. 볼 없이 2스트라이크를 잡은 매우 유리한 카운트에서 실투가 나왔다. 직구가 가운데로 몰린 것을 타자는 놓치지 않았다. 2점 뒤진 상황에 마지막 공격이라 타자도 큰 것을 노리고 있었다. 전준우의 큰 스윙에 정확히 걸린 공은 관중석에 떨어졌다. 다른 시즌보다 훨씬 빠른 시즌 첫 피홈런이었다. 그때부터 평소의 내가 아니었던 것 같다. 다음 타자 성흔이 형한테도 곧바로 우전안타를 내줬고, 희생번트까지 허용해서 동점주자가 스코어링 포지션에 나갔다. 1아웃 2루. 이어서 삼진과 고의4구로 2아웃 1, 2루 상황에서 황재균과 승부를 벌였다. 경기를 끝내기 위해선 타자와의 승부에서 꼭 이겨야 했다. 하지만 재균이의 방망이는 매서웠다. 재균이의 좌전안타에 2루주자가 홈을 밟았다. 시즌 첫 블론세이브이자 340일 만의 공식경기 블론세이브였다. 1년 동안 이어온 연속 경기 세이브 기록도 28경기에서 멈췄다. 필사적으로 마음을 가다듬으려 했지만 다음 타자 신본기도 볼넷으로 내보내 2아웃 만루 상황. 무슨 공을 던져야 할지 알 수가 없었다. 날카로운 김주찬 선배는 내가 흔들리는 걸 놓치지 않았다. 다시 공이 한가운데로 쏠렸다. 따악! 또다시 중전안타였다. 이미 실점은 4점으로 늘었고 여전히 2명의 주자가 남아있었다.

참담한 기분으로 지만이에게 마운드를 넘겼다. 지만이에게 짐을 맡기는, 평소와 정반대의 광경이었다. 결국 지만이도 조성환 선배한테 안타를 맞았다. 남아있던 두 주자는 모두 홈을 밟았고 내 실점은 6점까지 치솟았다.

패전투수 오승환. $\frac{2}{3}$이닝 6실점. 2009년 이후 4년, 1,013일 만의 패전투수이자 데뷔 이래 최다실점 기록이었다. 참담했다.

"평생 맞을 안타 오늘 다 맞은 거야."

"사람인데 이런 경기도 한 번쯤은 있어야지."

김태한 코치님을 비롯한 팀 동료들이 위로해줬지만, 6이닝 동안 한 점도 주지 않고 잘 던진 경기를, 못난 후배의 방화 때문에 날린 성환이 형을 볼 낯이 없었다. 힘겹게 공을 받아준 정식이 형한테도 너무 미안했다. 지만이는 승계주자를 홈으로 들여보냈다고 나한테 미안해하고 있었다. 평소에도 깊은 잠에 드는 편이 아니지만 그날은 특히 잠이 오지 않았다.

많은 시간이 지난 지금도 인터뷰를 하다 보면 종종 이 경기 이야기가 나온다. 그때마다 내 대답은 비슷하다.

"왜 그렇게 맞았는지 모르겠다."

언젠가 답을 알게 될 날이 올까? 어떤 롯데팬은 "월드컵 4강 진출했을 때보다 기뻤다"는 글을 남겨놓기도 했단다.

이틀 후 설욕의 기회가 찾아왔다. 롯데와의 3연전 마지막 날 6대 3으로 앞선 9회, 다시 마운드에 올랐다. 롯데 타선은 내게 악몽을 안겨준 바로 그 선수들이었다. 첫 상대는 홈런을 맞고 휘청이는 내게 결정타를 안긴 성흔이 형. 이틀 전의 아찔했던 기억이 완전히 사라졌다면 거짓말이다. 긴장감에 몸이 굳는 것 같았다. 그런데 연거푸 2개의 볼이 들어가 카운트까지 안 좋아졌다. 다시 한 번 늪에 빠져드는 기분이었다. 그런데 막상 최악의 상황에 몰리니 내가 할 수 있는 건 한 가지밖에 없었다. 그냥 온힘을 다한 직구. 이런 순간을 위해 직구의 위력을 높여온 것 아닌가.

이날 최고구속은 153킬로미터까지 나왔다. 이 날도 포수 마스크를 쓴 건 정식이 형이었다. 그렇게 작아 보이던 정식이 형의 미트가 다시 커진 기분이었다. 경기를 무실점으로 마무리했다.

5월 8일 사직에서 다시 롯데를 만났다. 2대 0으로 앞선 9회말에 등판해서 김주찬 선배의 2루타와 전준우의 안타에 1점을 줬지만 성흔이 형과 박종윤을 삼진으로 잡아내며 팀 승리를 지켰다. 진땀나는 세이브였지만 이번에는 연속 안타를 맞았으면서도 평정심을 유지할 수 있었다. 그 덕에 다음 날은 무안타 2탈삼진으로 깔끔하게 롯데를 상대로 세이브를 추가했다.

당대 최고의 타자라는 대호가 일본으로 떠났어도 롯데 타선은 만만치 않았다.

아, 롯데 힘들었다.

통산 최다 세이브 기록

한국 프로야구 통산 최다 세이브 기록은 김용수 선배님이 가지고 계셨다. 대선배와 기록을 비교한다는 게 쑥스러웠지만 선배의 기록을 깨는 게 후배가 할 일 아니겠나. 게다가 228이라는 숫자는 메이저리그에 비하면 턱없이 부족했다. 한국 야구, 그리고 팬들의 수준이 훌쩍 높아진 만큼 300, 400세이브를 넘어 500세이브 기록까지 나와야 한다.

팀 승률은 5할 근처를 맴돌고 있던 팀 성적도 기록을 탐내게 했다. 자고 일어나면 순위가 바뀌는 치열한 경쟁이 벌어지던 때라 내가 세이브를 쌓으면 그만큼 팀이 치고 올라갈 수 있었다. 팀을 위해서도 더 빨리 세이브를 쌓고 싶었다.

6월 29일 대구 넥센전에서 시즌 15번째이자 통산 227세이브에 도달했고 이틀 후에 다시 기회가 찾아왔다. 세이브 요건이 갖춰지지 않던 시즌초와 달리 기회가 자주 오고 있었다.

넥센전, 3대 1로 앞선 9회초 마운드에 올랐다. 솔직히 말하면 컨디션은 좋은 편이 아니었다. 아니나 다를까. 바로 첫 타자 서건창에게 우전 안타를 맞았다. 다시 심호흡을 하며 페이스를 가다듬었다. 너무 서두르고 있는 게 아닐까 하는 불안감이 있었다. 만약 블론세이브라도 저질렀다간 심적 타격이 너무 클 것 같았다.

타석에 이택근 형이 들어섰다. 타석에 들어서는 택근이 형의 스윙 스피드가 무척 빨랐다. 직구를 노리는구나 싶은 감이 왔다. 힘과 힘의 승부. 택근이 형도 풀스윙으로 맞섰지만 결과는 헛스윙. 전광판에 152킬로미터가 찍혀있었다. 다음 타자는 플라이로 처리해 아웃카운트 하나를 남겼다. 한 타자만 무사히 잡아내면 최다세이브 신기록과 더불어 팀이 1위 자리로 올라가는 상황이었다. 두 마리 토끼 모두 놓치고 싶지 않아 절로 힘이 들어갔다. 타석에는 유한준 형. 투 스트라이크로 몰린 상황에서도 직구를 노리고 있는 게 느껴졌다. 넥센 타자들이 다들 내 직구에 대한 대응책을 준비한 듯했다. 갑용이 형이 보낸 사인은 슬라이더, 내 생각도 슬라이더였다.

쌔액. 배트가 크게 헛돌었다. 갑용이 형이 놓칠 정도로 공의 변화가 컸다. 낫아웃 상태, 갑용이 형이 곧바로 공을 잡아 한준이 형을 태그했다. 통산 526번째 삼진이자 369경기 만의 228세이브였다.

세리머니를 하기 위해 갑용이 형이 올라오고 있었다. 선두타자 건창이한테 안타를 맞은 다음부터 군소리 없이 갑용이 형의 사인대로 던졌다. 그 다음 타자부터 3자 범퇴. 첫 세이브 때 일이 잘 기억나진 않지만 그때도 내 앞에서 공을 받아준 건 갑용이 형이었다. 갑용이 형에게 모자를 벗고 고개 숙여 인사를 하려는데, 걸음이 빠른 형은 이미 세이브 기념구를 바지에 닦더니 내게 건네주고 있었다. 나도 모르게 갑용이 형을 포옹했다.

축하하러온 지만이가 로진백을 내 머리 위로 던졌고 하얀 가루가 흩날리는 사이로 전광판에 찍힌 228이라는 커다란 숫자가 보였다. 꽃다발을 받느라 손이 바빠졌다. 갑자기 부모님이 떠올랐다. 야구를 한다고 했을 때 흔쾌히 허락해주셨지만 마음고생이 심하셨다. 그리고 늘 말없이 힘이 되어준 두 형도 떠올랐다.

야구 인생 가장 큰 위기를 하나만 꼽자면 대학 시절의 팔꿈치 부상이었지만 세이브 하나하나가 전부 위기를 넘어서는 과정이었다. 228번이나 위기를 넘긴 셈이다. 게다가 이날 승리로 팀은 선두 자리에 올랐다.

구단에서는 228세이브부터 세이브를 1개 추가할 때마다 스마트 TV 1대씩을 사회복지 단체에 기증해주기로 약속했다. 좋은 일을 하기 위해서도 세이브를 추가해야 했다. 1위로 올라선 팀은 연승을 이어가며, 상위권을 질주했다. 나도 거기에 맞춰 세이브를 쌓아갔다. 세이브 부문 타이틀 경쟁권에 들어갔다.

7월 24일 대구구장 경기 클리닝 타임에 개인 통산 최다 세이브 기록 달성 축하 행사를 가졌다. 구본능 KBO총재로부터 기념 트로피를, 김인 삼성 라이온즈 사장님에게서 격려금을 받았다. 경기 전에는 대구구장 앞에서 228명에게 사인해주는 행사도 했다.

그런데 하필이면 잔칫날이던 이날 경기에서 블론세이브를 저질렀다. 이날 당한 망신은 다음 날 세이브로 올리는 것으로 갚았다.

2012년 구원왕 타이틀의 주인공은 최종전까지 가서야 확정됐다. 유난히 구원왕 경쟁이 치열했다. 나는 시즌 최종전인 10월 4일 대구 SK전에서 세이브를 추가해 37세이브로 2년 연속 구원왕 자리를 차지했다.

경기를 지배하는 순간

한국시리즈 상대는 역시 SK 와이번스였다. 3년 연속 같은 팀을 상대해야 했다. SK는 플레이오프에서 롯데와 마지막 5차전까지 혈투를 벌이고 올라왔다. 팀 내에서는 준플레이오프부터 치르고 올라온 롯데가 이기길 바라는 목소리도 있었지만 나는 SK전에 더 자신이 있었다. SK에게는 6경기 1승 3세이브에 평균자책점 '0.00'이었던 반면, 롯데를 상대로는 정규리그 10경기에서 13피안타 1피홈런 4볼넷에 평균자책점은 7.20이나 됐다. 6실점의 악몽이 기록에도 흉터가 되어 남아 있었다.

물론 충분히 휴식을 취한 우리가 유리하다는 말이 많았다. 뚜껑을 열어보니 경기는 예상대로 흘러갔다. 1회부터 승엽이 형이 투런 홈런으로 기선을 제압했고, 4회 SK가 1점을 따라 붙었지만, 7회말에는 대주자 강명구 형이 재치 있는 주루플레이로 추가점을 올렸다. 지만이와 혁이는 8회 2아웃까지 마운드를 맡았고 내 차례가 왔다. 아무것도 두려울 게 없는 느낌이었다. 곧바로 최정을 외야 플라이로 잡아내며 8회를 마무리했고 9회는 삼자범퇴로 마쳤다. 한국시리즈 세이브 기록은 7로 늘었다.

이튿날 벌어진 2차전은 내가 나갈 일이 없었다. 선발 장원삼이 6이닝 1실점으로 호투했고 계투진 역시 SK 타선을 꽁꽁 묶었다. 타격에서는 형우가 만루홈런을 터트렸다. 8대 3의 무난한 승리였다. 우승에 절대적으로 유리한 고지에 올랐다.

그런데 이번에도 변수는 비였다. 27일 열릴 예정이었던 3차전이 비로 하루 늦춰져 상승세를 이어가지 못했다. 3차전은 8대 12로, 이어진 4차전도 1대 4로 패하고 말았다.

2승 후 2패. 흐름이 SK쪽으로 넘어간 상황 속에서 승패의 향방은 잠실에서 결정 나게 됐다.

5차전은 흐름을 가져간 SK가 유리해 보였다. 감독님은 리드를 잡으면 나를 빠르게 투입하겠다는 계획을 밝혔다. 1차전 등판 후 5일을 쉬었기 때문에 많은 이닝을 던져도 괜찮다고 말씀드렸다. 2승 후 동률로 따라잡혔다고 팀 분위기가 나빠진 건 아니었다. 모두들 긴장은 하지 않았어도 집중력은 최고조에 달해있는 좋은 느낌이었다. 좋은 플레이가 나올 것 같았다.

우리는 1회말부터 SK 선발 윤희상의 폭투에 따른 행운의 선취점을 올렸고, 추가점도 SK 수비진의 실수로 쉽게 가져왔다. SK 수비가 볼을 빠뜨린 사이에 승엽이 형이 3루까지 내달리는 멋진 주루플레이를 보여줬다. 하지만 SK가 바로 1점을 추격해왔다. 7회부터 지만이가 마운드를 맡아 노아웃 1, 2루의 위기를 넘긴 뒤 8회 2아웃에서 내게 공을 넘겼다. 2아웃 주자 없는 상황이라 마음이 편했다. 일주일 만의 등판이라 그런지 힘이 넘쳐서 초구부터 153킬로미터가 찍혔다. 3구 삼진으로 이닝을 마쳤다.

9회초, 잠실야구장에 있던 많은 사람들은 경기가 그렇게 그대로 끝날 거라 생각했을지 모른다. 첫 타자는 최정. 배트 스피드가 빠른 정이는 내 공을 잘 건드렸다. 하지만 나도 그날 컨디션이 나쁘지 않았다. 8회에도 3구 삼진을 잡아내 감도 좋은 상태였다. 일단 초구부터 직구로 윽박질렀다.

'딱!' 내 귀에도 경쾌한 소리였다. 약간 비틀거리다 타구 방향으로 고개를 돌렸다.

'넘어가지 마라, 가지 마라' 속으로 주문을 외우고 있었다. 나중에 TV를 보니 나는 얼빠진 얼굴로 타구가 지나가는 궤적을 따라가고 있었고, 타구는 잠실구장 백스크린을 향해 다가가고 있었다. 등줄기에 식은땀이 흘렀다. 단순히 동점이 되는 상황이 아니었다. 이 타구가 넘어간다면 분위기가 완전히 SK로 넘어갈 게 확실했다. 중견수 정형식이 온 힘을 다해 타구를 좇아 몸을 사리지 않고 점프했지만 타구는 펜스에 맞았다. 타구가 한 뼘만 더 길었다면 홈런이었고 한 뼘 더 짧았다면 공은 형식이 글러브에 들어왔을 것이다.

최정은 2루를 돌아 3루로 뛰고 있었다. 3루 백업에 들어가던 나는 허탈함을 감출 수가 없었다. 여유 있게 세이프, 3루타. 최정이 한 팔을 들어 올리며 환호하고 있었다.

공이 한복판에 몰렸다. 형식이의 수비가 아쉬웠다는 사람들도 있었지만 형식이는 최선의 수비를 해줬다. 만약 외야에서 맞바람이 불지 않았다면 타구는 넘어갔을 것이다.

1루 SK 더그아웃 분위기가 달아올랐다. 인정할 수밖에 없었다. 흐름이 SK로 넘어가버렸다. 넘겨준 건 바로 나였다.

타석에 이호준 형이 들어섰다. 타석에는 경험 많고, 한방을 갖춘 타자, 노아웃 3루, 이럴 때 최고의 선택은 정석이다. 초구부터 몸쪽 승부를 준비했다. 갑용이 형도 몸쪽으로 바짝 붙어 앉았다. 땅볼을 유도해 아웃카운트를 잡아내겠다는 생각. 물론 호준이 형의 머릿속도 바쁘게 돌아가고 있을 것이다. 호준이 형도 한국시리즈에 올라온 팀의 4번 타자였다. 초구는 갑용이 형이 미트를 대고 있는 몸 쪽으로 빠르게 던졌다. 호준이 형의 배트가 나왔다. 파울. 1스트라이크.

다음 공은 건드려도 파울이 될 약간 높은 유인구. 하지만 노련한

호준이 형은 속지 않았다. 볼카운트 1볼-1스트라이크가 되었다. 3구째는 다시 몸쪽. 아차, 제구가 잘 안 되는 바람에 살짝 빠졌다. 2볼-1스트라이크, 상황이 불리해졌지만 여전히 답은 같았다. 4구도 오로지 몸쪽 공이었다. 힘이 들어가는 바람에 3구째보다 더 스트라이크존에서 빠지는 공이 나왔다. 3볼-1스트라이크. 하지만 볼넷을 준다 해도 상관없다. 노아웃 3루보다 노아웃 1, 3루가 더 좋을 수도 있다.

승부를 이겨내는 사람은 어쩌면 상황을 가장 단순하게 정리하고 승부에 임하는 사람인지도 모른다. 나는 그 어느 때보다 눈앞의 상황에 집중하고 있었다. 하지만 5구째 공이 한가운데로 몰렸다. 호준이 형이 어떤 공을 기다리고 있었는지는 알 수 없지만 4번 타자답게 곧바로 배트가 나왔다. 하지만 내 공에는 지금까지 나를 지탱해준 힘이 실려 있었다. 호준이 형의 배트가 밀리면서 파울, 3볼-2스트라이크, 풀카운트. 이쯤에서 슬라이더를 하나 던질 만도 했지만 이미 집중하기 시작한 내 머릿속에는 직구 밖에 없었다. 6구째 직구도 또다시 파울. 방망이가 밀려 타구가 1루쪽 관중석으로 넘어갔다.

승부를 벌이다보면 힘과 힘의 대결 외에 다른 것이 끼어들기도 한다. 바로 자존심이다. 상대 팀 4번 타자와의 자존심 대결, 호준이 형도 직구 외의 다른 공은 생각하지 않는다고 확신했다.

7구는 150킬로미터의 약간 높은 직구였다. 호준이 형은 잘 때렸지만 타구는 느릿느릿 유격수 김상수에게 굴러갔다. 1아웃. 3루 주자 최정은 움직이지 못했다.

다음 타자는 정권이 형. 1아웃을 잡아냈으니 정권이 형과의 승부는 편하게 몰고갈 수도 있었다. 볼넷으로 내보내도 1아웃 1, 3루고 다음 타자에게 땅볼을 유도하면 경기는 끝난다. 그런데 그땐 다음 상황이 아예 머릿속에 떠오르지 않았다. 아무리 경험을 쌓아도 투수는 경기 중에 다른 생각을 할 수 없는 동물인지도 모르겠다.

가을사나이라는 별명이 괜한 것이 아니라는 듯, 정권이 형의 타격감은 최고조에 올라와 있었다. 절대 실투가 용납될 수 없었다. 어려운 승부 끝에 정권이 형은 볼넷으로 1루에 나갔다. SK 더그아웃에 있는 선수들이 전부 일어서기 시작했다.

이제부터는 내가 가장 잘 던질 수 있는 공으로 승부를 봐야 했다. 타석에 강민이가 들어섰다. 초구는 몸쪽으로 붙으며 낮게 깔린 151킬로미터의 직구. 강민이의 배트가 허공을 갈랐다. 다음 공은 좀 높게, 하지만 강민이가 반응하지 않았다. 1볼-1스트라이크. 후욱. 3구를 던지기 전에 잠깐 발을 풀고 호흡을 정리했다. 슬쩍 3루를 보니 최정의 리드가 길어, 연습대로 재빠르게 3루 견제를 시도했다. 문제는 3루수 박석민이 베이스에서 멀리 떨어져 있었다는 점. 석민이는 깜짝 놀라며 견제구를 받았다. 나도 모르게 웃음이 터졌다. 석민이도 나를 보며 웃었다. 멋쩍은 장면이었지만 덕분에 긴장이 좀 풀렸다. 다른 생각이 떠오르지 않고 눈앞의 타자에게 집중할 수 있었다.

3구 151킬로미터짜리 높은 직구를 강민이가 건드렸다. 1루 관중석을 살짝 넘어가는 파울. 4구는 다시 높은 직구. 이번에는 강민이가 움직이지 않았다. 2볼-2스트라이크. 나는 직구 승부를 멈출 생각이 없었다. 한가운데 직구로 승부를 걸었다. 강민이의 배트가 다시 헛돌았고 150킬로미터의 직구는 갑용이 형 미트로 빨려 들어갔다. 2아웃. 가장 소중한 아웃카운트와 SK로 향하던 흐름을 빼앗은 삼진이었다. 그래도 집중력은 전혀 흐트러지지 않았다. 타석에 진만이 형이 들어섰다. 선택은 역시 직구, 좋은 흐름을 굳이 바꿀 필요가 없었다. 초구는 약간 빠져 볼. 2구째 직구는 스트라이크. 3구는 평소보다 투구 간격이 짧게 던졌다. 바깥쪽으로 향한 내 152킬로미터 직구에 진만이 형의 방망이가 헛돌았다. 1볼-2스트라이크로 이제 스트라이크 하나만 남았다. 긴장감이 너무 높아져 다시 한 번 숨을 골랐다. 후욱. 다시 한 번 똑같은 바깥쪽 코스 직구! 진만이 형은 미동도 하지 않았다.

주심이 양손을 흔들며 스트라이크 아웃을 외쳤다. 경기 끝!

갑용이 형이 두 손을 번쩍 들면서 마운드로 뛰어왔다. 나도 모르게 오른손 주먹으로 가슴을 팡팡 쳤다. 팬들이 2012년 한국시리즈 최고의 명승부로 꼽는 경기는 이렇게 막을 내렸다.

구대성 선배의 포스트시즌 최다 세이브(10세이브) 기록과 동률을 이루는 승리였지만 솔직히 말하면 기록은 안중에도 없었다. 이 순간을 돌파해야 한다는 것 말고는 아무 생각도 들지 않았다. 보통 같으면 동점을 내줄 상황, 좁은 출구를 돌파할 방법은 이 순간, 이 장면을 지배하는 것뿐이었다. 내겐 이 순간을 지배할 두 가지 무기가 있었다. 오랜 시간 갈고 닦으며 힘을 쌓아온 나의 공, 그리고 흔들림 없는 집중력. 고조된 흥분과 긴장감은 좀처럼 사그러들지 않았다. 그래도 경기가 끝나니 기뻐할 만한 여러 가지 이유가 떠올랐다. 동점을 주지 않아 성환이 형이 승리투수가 됐다는 게 가장 기뻤다. 2012년 성환이 형의 승수는 9승, 내가 문제의 6실점 경기에서 블론세이브를 하지 않았다면 두 자릿수 승을 거뒀을 터였다.

그리고 이 자리에 없었던 오준이 형. 오준이 형은 팔꿈치 통증 때문에 일본으로 건너가 치료를 받느라 한국시리즈에 참가하지 못했다. 나를 비롯한 팀 동료들은 오준이 형의 등번호 45번을 모자에 새기고 경기에 나섰다.

힘든 승부를 넘기자 흐름은 완전히 우리에게 넘어왔다. 다음 날 6차전은 7대 0으로 경기가 빠르게 기울었다. 평소 같으면 나서지 않을 스코어였지만 우승의 기쁨을 만끽하라는 감독님의 배려로 9회말 마운드에 올랐다. 두 타자를 가볍게 아웃으로 돌려세우고, 마지막으로 전날 최악의 위기를 안겨준 최정을 다시 만났다. 이번에는 우익수 플라이로 잡아냈다. 갑용이 형이 날 향해 달려오고 있었다. 나도 갑용이 형을 향해 달려들었다.

해외 무대를 향한 시선

해외 무대에 도전하고 싶은 꿈은 서른에 접어들자 더 커지기 시작했다. 창용이 형한테 일본 얘기를 많이 듣다 보니 점점 해외 마운드에 서고 싶다는 욕심이 생길 수밖에 없었다. 2011년까지 4년 동안 일본 최정상급 마무리투수로 활약한 창용이 형의 조언은 큰 도움이 되어, 나도 잘할 수 있다는 자신감으로 이어졌다. 일본의 명코치이자 삼성 투수코치를 맡아 많은 가르침을 주신 오치아이 에이지 코치님도 "일본에서도 충분히 통할 직구"라며 자신감을 한층 보태줬다.

LA다저스가 류현진에게 거액을 포스팅했다는 소식에도 자극을 받을 수밖에 없었다. 현진이의 실력이 제대로 평가받은 것도 축하할 일이자, 나도 평가를 받고 싶었다.

하지만 나는 구단의 허락 없이는 해외에 진출할 수 없는 신분이었다. 2005년부터 7시즌, *FA까지는 1년이 남아있었다. 대졸 선수라 1년 뒤에도 FA자격을 취득하는 것뿐, 해외구단으로 자유롭게 옮길 수 있는 완전한 FA까지는 2년이 남은 상황이었다. 한마디로 1년 뒤에도 해외 진출을 하기 위해선 구단의 동의가 필요했다. 그래서 먼저 구단에 해외 진출을 하고 싶다고 정중히 말씀드렸다.

하지만 구단에서는 날 놓아주는 대신, 통합 3연패를 함께 이루자고 제안했다. 정규리그와 한국시리즈 통합 3연패는 한국 프로야구에서 단 한 번도 나오지 않은 대기록이자, 나도 욕심을 낼 수밖에 없는 기록이라 이 제안을 뿌리칠 수 없었다. 내가 제안을 받아들이자 구단

FA

전 세계 프로야구 선수들은 입단 이후 일정 기간 동안은 자유롭게 팀을 선택할 수 없다. 즉 입단한 팀에서 일정 기간 동안 '의무 복무'를 해야 한다. 메이저리그는 기본적으로 6시즌, 일본은 8시즌, 한국은 9시즌을 채워야 한다. 그 기간을 채운 선수는 '자유계약선수 FA(Free Agent)' 자격을 얻는다. 소속팀의 굴레에서 벗어나 모든 팀과 입단 협상을 벌일 수 있다. 좋은 선수라면 많은 팀이 영입 경쟁을 벌이게 된다. 당연히 몸값이 폭등하게 된다.

한국에는 소속팀에서 벗어날 수 있는 독특한 제도가 하나 더 있다. 이른바 '해외진출 자격 요건'이다. 고졸선수들의 경우 8시즌, 대졸선수들의 경우 7시즌을 뛰고 나면 소속팀의 동의를 받아 해외 무대로 진출할 수 있다. 이 경우 완전한 '자유계약선수'가 아니라 소속팀이 있는 선수가 다른 팀으로 이적하는 형식이 된다. 즉 이런 선수를 영입하려는 해외 구단은 원 소속팀에 '이적료'를 내야 한다. 미국의 경우 선수에 대한 비공개 경쟁 입찰인 '포스팅 시스템'을 통해 이적료가 결정된다. 일본의 경우 그냥 원소속팀과 협상을 통해 이적료를 결정한다.

FA 자격을 계산하는데 쓰는 '한 시즌'의 요건은 '1군 등록일수 145일 이상'이다. 즉 경기에 나서는 1군 선수명단에 145일 동안 올라 있으면 한 시즌을 채운 것으로 계산된다. 올림픽과 WBC, 아시안게임 등 국제대회에 나서는 대표팀이 소집되면, 대표선수들은 소집된 날만큼 등록일수에 추가된다.

은 1년 뒤 해외 진출을 적극적으로 논의하겠다는 말로 내 결정에 대한 감사를 표시했다.

선두경쟁이 치열해지던 2013년 9월, 시카고 컵스에 입단하여 마이너리그에서 뛰고 있던 창용이 형이 메이저리그로 승격됐다는 소식이 날아왔다. 창용이 형은 적지 않은 나이에도 여전히 꿈을 향해 달리고 있었다. 나도 꿈을 향해 달릴 수 있다면…. 그 무렵 한신의 나카무라 가쓰히로 단장이 직접 경기를 보러오면서 점점 조바심을 켜져갔다. 그래도 일단 눈앞의 목표는 한국시리즈 3연패, 확실한 동기부여가 생긴 것은 마음을 다잡는 데 큰 도움이 됐다.

250세이브의 통과점

2013시즌이 개막했을 때 내 통산 세이브 개수는 249였다. 세이브 하나만 더 추가하면 통산 250세이브.

기록이라는 건 늘 만들어지고 나서야 알게 되는 경우가 훨씬 많았다. 그러나 점점 기록이 늘어가면서 구단에서 신경을 쓰기 시작했다. 250세이브가 눈앞으로 다가온 것을 알게 된 구단 측에서는 이런저런 준비를 해두는 눈치였다. 하지만 기회란 마음 먹은대로 오는 게 아니었다.

2013년 시즌은 신생팀 NC가 가세하여 9개 구단 체제로 치러지다 보니 한 팀은 3일 내지 4일의 휴식일을 갖게 됐다. 대구에서 두산과 가진 개막 2연전에서 팀은 연패했다. 팀이 지고 있는 상황이었지만 마운드에 올라 컨디션을 점검했다. 경기가 끝나면 4일의 휴식을 취하기 때문이었다. 좀처럼 세이브 상황은 찾아오지 않았다.

4월 7일 대구구장에서 열린 신생팀 NC와의 경기에서 기회가 왔다. 3대 2로 앞선 8회초 2아웃 1, 2루에서 등판하라는 지시를 받았다. 타석에는 신인 권희동이 들어왔고, 3루 땅볼로 무사히 급한 불을 껐다. 8회말 타선이 1점을 더 내준 덕에 9회는 훨씬 가벼운 마음으로 마운드에 올랐다. 삼진 2개와 범타로 경기를 끝냈다.

전광판에 통산 250세이브 축하 메시지가 떴다.

특별한 기분은 아니었다. 200세이브 때나 통산 최다세이브 기록을 세웠을 때도 마음을 다잡았지만, 여기서 만족해서는 안 된다고 다시 한 번 생각했다.

250개의 세이브를 해오면서 한 개 한 개 마다 쉬운 세이브, 상황은 없었다.

시즌 첫 세이브가 250세이브였고, 팀 분위기가 점점 살아나는 것이 오히려 더 기분 좋았다. 이렇게 팀 승리를 하나씩 하나씩 지키다 보면 300세이브까지 향해 나아갈 수 있을 것 같았다.

나는 운이 좋았다. 나보다 앞에 나오는 현욱이 형, 오준이 형, 지만이, 권혁 등 다른 투수들이 팀이 리드하는 상황을 잘 지켜줬기 때문에 얻어낸 숫자였다. 고마웠다.

하지만 250세이브를 달성한 그날만큼은 지만이 녀석이 내게 고맙

다고 해야 했다. 주자를 2명이나 두고 내려가다니,

지만이는 내려가면서 "형, 잘 막아줘야 해요" 했다. 워낙 친하고 넉살 좋은 녀석이다. 위기 상황에 등판하는데도 웃음이 나왔다.

단 하나의 피안타에 승패가 엇갈리다

2013년 한국시리즈 전까지 내 손에는 4개의 우승반지가 끼워져 있었다. 남은 한 손가락에도 꼭 우승반지를 끼고 싶었다. 한국시리즈 3연패에 성공한다면 5번째 우승반지와 해외무대 진출, 그리고 국내 무대에서 유종의 미를 거두는 3마리 토끼를 잡을 수 있었다.

우리 팀은 한국시리즈 직행을 확정짓고 상대 팀을 기다리고 있었다. 두산 베어스가 파죽의 기세로 한국시리즈에 올라왔다. 두산은 넥센과의 준플레이오프에서 5차전 연장까지 가는 접전 끝에 플레이오프에 진출하더니, 플레이오프에서는 잠실 라이벌 LG를 3승1패로 꺾었다. 2005년 한국시리즈 이후 8년 만에 두산과의 만남이었다.

특히 두산 타선이 세이브 부문 1, 2위를 차지한 손승락과 중근이 형을 무너트리는 장면은 머릿속에 각인됐다.

미디어데이에 두산 대표로 나온 성흔이 형은 '한국시리즈에서 꼭 쳐내고 싶은 투수가 있다면'이란 질문을 받자 나를 언급했다.

"정말 지긋지긋하게 못쳤다. 오승환이 떠나기 전에 시원하게 쳤으면 좋겠다."

이번이 내 마지막 한국시리즈가 되리라는 예측이 많았던 만큼 두산 선수들의 '의지'도 강했다. 나만 목표가 있는 게 아니었다.

휴식시간이 많았던 우리가 우세하리라는 예상과 달리 1차전은 2대 7로 패했다. 선발로 나간 성환이 형이 6실점을 내줬고, 타선은 6안타 2득점에 그쳤다. 제대로 힘도 써보지 못한 완패였다.

2차전 선발은 릭 밴덴헐크. 밴덴헐크는 1~4회에는 안정적이지만 5~6회에 들어서면 급격하게 구위가 떨어지는 단점이 있었다. 류중일 감독님은 구원 카드를 조기에 투입할 계획을 세우고 있었다. 1차전에 나오지 않은 우찬이의 투입은 확실했고, 혁이와 창민이, 지만이 등 앞 투수들은 물론, 나 역시 8회부터 나갈 가능성이 높았다. 3주나 쉬었기 때문에 몸 상태는 아주 좋았다.

2차전은 천국과 지옥을 오간, 두고두고 잊을 수 없는 경기였다.

양 팀은 시종일관 팽팽했다. 밴덴헐크가 6회 2아웃 1, 2루까지 무실점으로 막아낸 뒤 우찬이에게 마운드를 넘겼고, 우찬이가 8회 1아웃까지 잡아낸 뒤 김현수에게 내야안타를 맞자 지만이가 마운드를 이어받았다. 안타깝게도 지만이는 최준석에게 볼넷을 내준 1, 2루 상황에서 김재호에게 적시타를 맞아 선취점을 내줬다. 다행히 타선이 8회말 1대 1 동점을 만들었다.

9회 1아웃 1루에서 마운드로 향했다. 첫 타자 정수빈이 희생번트를 성공시켜 2아웃 2루가 됐지만 다음 상대 임재철 선배를 삼진으로 잡아 급한 불을 껐다. 10회초 두산의 클린업 트리오는 모두 삼진으로 잡아냈다. 현수는 142킬로미터의 빠른 슬라이더로, 오재일은 151킬로미터 직구로 돌려세웠다. 내 공을 시원하게 치고 싶다던 성흔이 형에게서도 헛방망이를 이끌어냈다. 삼진 퍼레이드는 11회에도 이어졌다. 김재호는 150킬로미터 높은 직구로, 오재원은 151킬로미터 바깥쪽 직구로 잡아냈다. 6타자 연속 삼진. 지난 2010년 한국시리즈에서 6타자를 연속 삼진으로 잡아낸 SK 김광현과 타이 기록이었다. 다음 타자 최재훈이 중견수 플라이로 물러나며 연속 탈삼진 기록은 중단됐지만 12회에도 손시헌 선배, 임재철 선배를 상대로 2개의 삼진을 추가했다. 한 경기 탈삼진 8개는 프로 데뷔 이래 최다 기록이었다. 나는 13회에도 다시 마운드에 올랐다. 관중석에서 "언제까지 낼거냐", "이제 바꿔줘"라는 소리가 들려왔다. 나를 생각해주는 팬들에게는 정말 감사했지만 마지막이 될지도 모르는 한국시리즈인 만큼 내 힘으로 승리를 결정짓고 싶었다. 이미 1차전을 내준 상황, 2차전을 이기지 못하면 승부는 두산에게 확 넘어가버린다. 게다가 이미 연장까지 승부가 이어져 여기서 지는 팀은 피해가 너무 컸다. 반드시 이겨서 두산과 동등한 입장을 만들어야 했다. 13회 첫 타자 현수를 좌익수 플라이로 잡아내며 4이닝을 던졌지만 경기가 끝까지 던질 자신이 있었다.

하지만 다음 타자 오재일과의 승부가 안일했다. 직구가 가운데로 몰리자 오재일이 놓치지 않고 그대로 우측 담장을 넘겨버렸다. 공이 담장 밖으로 넘어갈 때까지 시선을 뗄 수 없었다. 오재일이 그라운드를 돌고 있을 때 다시 한 번 공을 던질 때처럼 손목에 스냅을 주며 아쉬워할 수밖에 없었다.

팽팽하던 승부의 저울이 기울자 팀이 흔들렸다. 내 뒤를 이어받은 창민이가 안타를 맞았고, 포수 뒤로 공이 빠졌으며, 두산의 주자는 도루를 성공시켰다. 13회초가 끝났을 때 점수차는 1대 5로 벌어졌다. 그렇게 5시간 32분의 혈투가 쓸쓸하게 끝났다. 내 투구수는 53개, 4이닝 8탈삼진 1피안타였다. 단 하나의 피안타가 날 '패전투수 오승환'으로 만들었고, 팀은 2연패를 했다. 기분 나쁜 금요일이었다.

확률 제로의
좁은 문을 뚫다

2012년까지 30번의 한국시리즈에서 한 팀이 1, 2차전을 모두 이긴 경우는 16차례였고, 그 팀이 정상에 오른 건 15차례였다. 93.8퍼센트의 확률. 우리에게 남은 확률은 6.8퍼센트였다. 하지만 3연패를 하기 위해서는 지금까지 딱 한 번뿐이었던 예외를 재현해야 했다.

찬물로 샤워를 하고 곧바로 서울 행 버스에 몸을 실었다. 다음 경기는 두산의 홈구장 잠실이었다. 잠들어서 2차전 패배를 빨리 잊고 싶었다. 아니 빨리 잊어야 했다. 그래도 잠은 오질 않았다.

3차전 선발 장원삼, 잘 던져서 내가 나설 상황을 만들어줄 거라는 믿음이 있었다. 하지만 아무도 마무리투수가 4이닝을 던지고 연투할 생각 중이라곤 생각하지 못한 것 같았다. 사실 이동일 하루를 쉬었기 때문에 연투도 아니었다. 류중일 감독님과 김태한 코치님은 몸 상태는 괜찮냐고 물어보셨지만, 2패로 몰렸는데 찬밥 더운밥 가릴 때가 아니었다.

9회말 3대 2로 아슬아슬하게 리드하는 가운데 정말 다시 등판하게 됐다. 두 번 실패할 순 없었다. 세 타자를 범타와 삼진으로 요리하고 승리를 지켰다. 이날은 투구수 19개 중 9개가 슬라이더일 정도로 슬라이더 비중을 높였다. 두산 타자들이 직구에 집중할 거라 예상했기 때문이다.

1승 2패, 다시 해볼 만하다 싶었는데 4차전에서 또 1대 2로 패했다. 이 날은 등판하지 않았다. 1승 3패, 역대 한국시리즈에서 막판 3연승으로 우승을 차지한 팀은 없었다. 확률은 6.8퍼센트에서 0퍼센트로 줄어들었다. 하지만 이전까지 3연패를 달성한 팀도 없지 않았던가. 우리는 새로운 역사에 도전하고 있었다.

다음 날 29일 잠실에서 운명의 5차전이 열렸다. 이기면 승부를 대구까지 이어갈 수 있는 상황. 5차전에서 팀 타선이 터졌지만 두산도 마찬가지였다. 우리가 점수를 내면 두산이 따라왔다. 나는 9회말 7대 5로 리드한 상황에서 마운드에 올라갔다. 첫 타자 성흔이 형은 내 공을 계속 커트했지만 9구 끝에 삼진으로 잡았다. 다음 타자 시헌 선배는 커브로 유격수 플라이, 허경민에게 안타를 맞긴 했지만 김재호를 잡아내며 시리즈를 대구로 끌고 가는데 성공했다.

6차전이 열린 건 10월의 마지막 밤이었다. 6차전의 단 한 가지 소망은 11월에도 한국시리즈를 하는 것이었다. 안방에서 남의 잔치를 잠자코 지켜볼 순 없었다.

7차전까지 승부를 끌고 간다는 계산 속에 엄청난 투수 물량공세가 이어졌다. 내가 9번째 투수였다. 9회 2아웃 1, 2루 상황에서 딱 3개의 공으로 남은 아웃카운트 하나를 잡아냈다. 드디어 시리즈 스코어를 나란히 맞췄다. 4차전에서 졌을 때만 해도 0퍼센트였던 가능성이 이제는 100퍼센트 같았다.

6차전까지 4경기에 나서, 3세이브를 올리고 있었다. 4승을 올리면 끝나는 한국시리즈에서 3번 세이브를 올린 선수는 이때까지 3명 있었고, 4번 모두 세이브를 거둔 선수는 아무도 없었다. 새로운 기록을 기대하는 목소리가 들려왔다. 한국시리즈 4세이브 기록. 솔직히 말하면 기록도 좋지만 큰 점수 차로 느긋하게 우승하고 싶었다.

7차전이 시작됐다. 1회초 두산이 현수의 적시타로 선취점을 올렸지만 1회말 곧바로 동점을 만들었다. 3회 두산이 양의지의 희생 플라이로 다시 한 점 달아났지만, 승엽이 형이 중요한 순간에 한방 날려 다시 2대 2 균형을 맞췄다. 6회말에는 타자 일순 5득점의 빅이닝을 만들어냈다. 사실상 승기를 굳승기를 굳혔다. 7대 3으로 앞선 9회말 익숙한 음악 소리와 함께 마운드에 올랐다.

마지막 타자 손시헌 선배의 타구가 하늘로 떴다. 타구를 중견수 형식이가 잡아내자, 나는 선수들에게 마운드로 모이라는 제스처를 취했다. 마운드로 모인 팀원들은 일제히 손가락으로 양쪽 하늘을 번갈아 가리키는 세리머니를 선보였다. 사실 이 세리머니는 7차전 경기가 시작되기 직전에 만들었다. 성환이 형과 지만이가 특별한 세리머니를 하자고 제안하며 3회 WBC에서 우승한 도미니카 공화국의 투수 페르난도 로드니의 세리머니를 보여줬다. 경기 시작하기도 전에 설레발치는 것 아니냐고 타박주는 선배도 있었지만, 분위기는 대체로 수긍하는 쪽으로 흘러갔고 결국 이 세리머니는 빛을 보게 됐다.

내가 겪은 그 어떤 한국시리즈보다 힘든 승부였다. 하지만 이겨낸 후의 과실은 정말 컸다. 통합 3연패를 달성하니 야구인생에서 가장 큰일을 해낸 것 같았다.

우승을 결정지은 곳이 대구였다는 것도 너무 좋았다. 삼성에 입단한 후 오랜 시간을 함께 했고 많은 힘을 받았던 홈의 팬들 앞에서 3연패를 축하하는 건 꿈만 같은 추억이었다. 해외진출을 꿈꾸던 내게는 마지막 추억일지도 모른다는 생각이 들어 마음 한켠이 시렸다.

OH SEUNGHWAN

5장

이 순간은 나의 것이다

SH OH

22

해외 무대를 향한 첫걸음

기적같은 막판 3연승으로 한국시리즈 3연패를 달성하자, 스포츠인텔리전스그룹의 대표 김동욱 형이 해외 진출을 준비하기 시작했다. 2009년 어깨 부상을 당한 시기에 알게 된 동욱이 형과 나는 금새 의기투합했고 그때부터 동욱이 형은 늘 내가 최선의 선택을 할 수 있도록 힘이 되어줬다.

한신과 오릭스가 나의 영입을 추진한다는 일본 언론의 보도가 나왔고, 뉴욕 양키스가 나를 셋업맨 후보로 올려놨다는 얘기도 들었다. 미국과 일본. 여러 구단이 언론에 오르내렸고, 동욱이 형은 '12개 구단이 너한테 관심을 보이더라'라는 얘기를 들려줬다.

동욱이 형과 함께 정한 가장 중요한 원칙은 '돈보다는 마무리투수로 나를 원하는 팀'이었다. 동욱이 형은 내가 마무리에 최적화된 투수라는 점을 해외 구단에 어필했다. 두 번째 원칙은 한국 교민이 많은 곳의 팀일 것. 해외무대에서 성공하기 위해선 빠르고 자연스럽게 적응해야 했고, 그러기 위해선 아무래도 한국 사람들이 많은 곳이 유리하지 않겠는가.

그렇게 계획을 짜는 동안 삼성 구단이 약속을 지켰다. 11월 5일 공식적으로 나의 해외 진출을 돕겠다고 발표했다. 행선지도 내게 일임했다. 해외 진출을 이런저런 이유로 막는 구단도 많은 마당에, 삼성은 정말 큰 도움을 줬다. 진심으로 감사했다.

동욱이 형의 철저한 준비도 나를 더할 나위 없이 편하게 해줬다. 동욱이 형은 일본, 미국, 팀 상황, 주변 여건 등을 모든 것을 가정해서 그에 맞는 시나리오를 각각 준비해 줬다. 운동은 물론, 생활에 대한 배려도 빼놓지 않았다. 각 팀별로는 어떤 선수가 있고, 내가 해야 하는 역할은 무엇인가까지 분석되어 있었다. 나는 그저 운동 열심히 하며 기다리기만 하면 됐다.

첫 번째 후보는 내게 오래 공을 들인 한신이었다. 삼성이 해외 진출을 승낙하자마자 한신이 협상팀을 파견한다는 소식이 퍼졌고 이적료 때문에 고민 중이라는 이야기도 흘러나왔다. LA 다저스와 보스턴 레드삭스 등 메이저 구단도 관심을 보이면서 고민은 깊었지만 한신은 좋은 선택으로 보였다. 메이저로 떠난 후지카와 규지의 공백에

허덕이고 있던 한신은 어느 팀보다 마무리투수의 중요성을 잘 알고 있었다. 한국 프로야구 출신 선수가 뛴 적이 없다는 것과 명문구단이지만 우승을 많이 못한 점도 끌렸다. 내가 가서 우승을 한다면 정말 의미가 있을 것 같았다. 한신이 한국인들이 많이 사는 오사카를 기반으로 한 인기구단이라는 점도 매력적이었고 뭐니 뭐니 해도 꾸준히 진심을 보여준 게 마음을 움직였다.

이적료 문제는 삼성의 양보로 쉽게 해결됐다. 선수 영입에 필요한 '몸값'에는 이적료도 포함되기 마련이고 이 이적료 때문에 움직임이 무거워지는 선수도 많다. 삼성은 이적료에도 욕심을 부리지 않았다. 삼성이 받은 이적료는 겨우 5,000만 엔이었다.

계약 조건은 최고대우였다. 계약기간 2년, 계약금 2억 엔, 2년간 연봉 3억 엔에 연간 5,000만 엔의 인센티브가 따라붙는다. 최대 총액 9억 엔의 대형계약이었다. 한신의 계약조건이 워낙 파격적이다 보니 검증되지 않은 선수와 너무 큰 계약을 한 게 아니냐고 수군거리는 소리도 들렸다.

계약서에 사인하던 날은 차가 많이 막혔다. 대구에서 약속 장소인 서울의 호텔까지 가는 시간이 너무 길게 느껴졌다. 해외 진출 과정은 마지막까지 애를 태웠다. 계약서에 서명하고 나니 갑자기 허기가 밀려왔다. 바로 나카무라 단장과 함께 불고기를 먹는 걸로 간단한 축하 파티를 대신했다. 그렇게 나는 한국 프로야구 출신으로 한신 타이거즈에 입단하는 최초의 한국인 선수가 됐다. 한신은 생활 면에서도 파격적인 대우를 약속했다. 아파트 및 통역 제공은 물론, 괌에서의 자율훈련도 존중해줬다. 백넘버는 22번을 주겠다고 했다. 후지카와 규지의 등번호였다. 열광적인 팬을 보유한 후지카와의 등번호를 받아들이려니 부담이 된 건 사실이다. 하지만 흔쾌히 받아들이기로 했다. 나만 잘한다면, 나를 둘러싼 얘기는 쏙 들어간다는 것을 잘 알고 있었으니까. 내가 쓰던 21번은 이미 이와타 미노루라는 투수가 쓰고 있었고 남의 번호를 빼앗으면서 입단하는 모양새도 싫었다.

12월, 서울과 오사카에서 두 차례에 걸쳐 입단식을 가졌다. 처음 삼성 유니폼을 받았던 그날이 떠올랐다. 프로 두 번째 유니폼에는 SH OH라는 영문과 22번이 새겨져 있었다.

가족이 되기 위한 노력

한신 입단이 확정된 후 처음 오사카를 가봤다.

한신의 홈구장이자 일본 고교야구의 성지 고시엔구장도 처음 가봤다. 처음 들어가는 순간부터 친근한 느낌이 들었다. 내야를 가득 채운 검은 흙이 인상적이었다.

"3패 이하로만 막아주게."

한신의 와다 유타카 감독님과 나카니시 기요오키 투수코치님과 함께 저녁식사를 할 때 나카니시 코치님은 이렇게 부탁했다. 와다 감독님은 한국어를 배우겠다고 하셨다. 나도 일본어 공부를 시작했다. 삼성 시절 일본인 지도자분들과 함께 지낸 덕에 간단한 말 정도는 할 줄 알았고 삼성에서 통역을 맡았던 이우일이 통역을 맡아주기로 했다. 입단동기이자 한 집에서 살았던 곽동훈 형이 매니저로 합류했고 산이도 내 에이전트를 맡고 있는 스포츠인텔리전스그룹의 팀장이 되어 일을 도와주고 있었다. 우일이의 집도 가까웠고, 한인타운이라 일본 생활이 외로울 것 같지는 않았다.

낯선 문화에 대한 두려움은 없었다. 오히려 기대가 됐다. 오사카에서 걸어 다니면 다른 지역과는 달리 한국말이 많이 들렸다. 친근함을 느꼈다. 특히 식당 메뉴가 한국어로 돼 있다. 생활하는데 큰 문제가 없어 보였고 대구에서도 혼자 살아서 익숙했다.

선동열 감독님이나 오치아이 코치님처럼 일본에 대해 많은 조언을 해주신 분들도 있었다. 연말 시상식에서 만난 선 감독님은 덕담을 해주셨다.

“무리하지 말고 해왔던 것처럼만 하면 일본에서도 잘할 거다.”

선 감독님의 말씀에 전적으로 공감했다. 기대에는 부응하되, 오버할 생각은 없었다. 너무 들뜨지도, 너무 긴장할 필요도 없었다. 훈련 스케줄도 예년과 엇비슷하게 진행하고 있었다.

한신은 요미우리와 더불어 인기 팀 중 하나라 담당기자들도 많았다. 사람들의 관심이 어마어마했다. 한신 입단식이 끝나고 나서 나에 대한 기사가 쏟아졌다. 일본 언론은 나를 혁명적 마무리라고 소개했다. 한국시리즈에서 4이닝을 던진 것은 물론, 입단 기자회견에서 일주일에 여섯 번도 나갈 각오가 있다고 한 발언 때문이었다. 보통 미국이나 일본에서는 마무리투수가 1이닝을 던진다. 연투도 많이 하지 않는다. 하지만 나는 연투도 자신 있었다.

한신 선수들은 요미우리 자이언츠에 대한 경쟁심이 엄청났다. 나도 막상 한신 유니폼을 입자 요미우리에 대한 투지에 불이 붙었다.

요미우리 역시 스프링캠프 때부터 나에 대한 경계심을 드러냈다.

'오승환을 알몸으로 만들겠다!'라며 요미우리가 날 낱낱이 해부하겠다고 호언했다는 기사가 뜨기도 했다. 사실 몇 개월 전만 해도 요미우리는 나를 원하던 구단 중 하나였다. 하지만 이미 나는 한신의 일원, 요미우리는 우승을 위해 반드시 꺾어야 하는 상대였다.

괌 캠프에서 체중이 줄었다. 일부러 몸무게를 줄이려고 식단 조절을 한 것도 아니고, 하던 데로 했는데 그랬다. 훈련량은 예년과 비슷한데 몸상태는 굉장히 좋은 편이었다. 권보성 트레이너의 특별한 프로그램이 도움이 많이 됐다. 계획대로 준비가 잘 되는 건 분명했다. 괌에서 만난 선배들의 조언도 고마웠다. 선동열 감독님은 다시 한 번 덕담을 해주셨고 승엽이 형도 "지금 공도 충분히 통한다"며 자신감을 심어줬다.

창용이 형은 날 세뇌를 시키려는 기세로 이 말을 되풀이 했다.

"내 기록을 모두 깨라."

그리고 많은 것을 이야기해줬다. 일본 타자들의 성향부터 지역의 맛집, 원정 이동 방법 등 정말 피가 되고 살이 될 것들이었다.

예정보다 일찍 오키나와 한신 캠프에 합류하기로 했다. 오키나와야 삼성 캠프 때부터 익숙한 곳이었고 한신의 오키나와 기노자 캠프는 삼성 캠프인 온나손에서 차로 20분 거리로 가까운 편이다. 보통 젊은 선수들이 캠프 시작일보다 앞서 들어가는 경우가 많다고 했다. 하루라도 빨리 팀에 녹아들고 싶었다. 특히 젊은 선수들과 친해지고 싶었다.

오키나와에서는 팀에 녹아드는 게 1차적인 목표였다. 한신 1년 차지만 나이로만 봤을 때 나는 중고참급이었다 한신 기노자 캠프 39명 중 28명이 나보다 어렸다. 투수조 17명으로 범위를 좁히면 나보다 나이가 많은 선수가 4명뿐이었다. 한국에서도 후배들에게 밥을 많이 사는 선배였던 나는 한신의 젊은 선수들에게도 밥을 먼저 사며 친해지고자 노력했다. 아무래도 한신의 젊은 투수들이 한국을 평정하고 온 마무리투수라는 말에 먼저 말을 붙이기도 어려운 상황이었다. 그래서 내가 먼저 다가가려고 했다. 첫 인사를 나눌 때는 '형'이라고 부르라고 했다. 나도 나보다 나이가 많은 선수에게는 형이라는 뜻의 일본어인 '아니키(兄貴)'라고 불렀다. 어린 선수들은 몸을 만드는 법이나 이것저것 나한테 많은 질문을 해왔다. 나만의 노하우를 알려주면서도 배우는 게 많았다.

특히 같은 투수는 아니지만, 내야수 니시오카 츠요시와 금새 친해졌다. 또 재일교포로 알려진 아라이 다카히로, 료타 형제는 한국말을 하면 아는 체를 해왔다. 한신 선수단 분위기는 가족적인 것으로 유명하다. 합류한 지 얼마 안된 나도 어느새 그들의 가족이 되어있었다.

돌부처의 부드러운 커브

첫 훈련 때 시험 삼아 90킬로미터짜리 커브를 던지니 코칭스태프는 물론, 동료선수들도 놀랐다. 일본에서도 나는 빠른 직구와 슬라이더만 던질 줄 아는 투수로 알려져 있던 것이다. 내 별명이 돌부처인 것도 웬만한 사람들은 잘 알고 있었다. 마운드 위에서 무표정한 이미지가 화제가 돼 있었다. 하지만 나는 무뚝뚝한 사람이 아니라는 것 적극적으로 알리고 싶었다. 그래서 느린 커브를 던져 본 것이다. 나도 부드러운 남자라고.

한신의 배려는 스프링캠프에서도 이어졌다. 불펜 마운드를 고시엔구장의 흙과 같은 것으로 바꾸고 각도와 높이 등 구조도 똑같이 했다. 그들이 나에 대해 가진 기대를 알 수 있었다. 나도 빨리 적응할 필요가 있었다.

스프링캠프 첫날, 일본 언론이 나에게 몰려 들었다. 한신이 인기팀이라는 것을 새삼 실감할 수 있었다. 맷 머튼, 마우로 고메즈, 랜디 메신저 등 다른 외국인 선수들은 승합차로 따로 훈련장에 나왔지만, 나는 일본 선수들과 함께 구단 버스를 타고 훈련장으로 왔다. 많이 친해져 있었기 때문에 버스가 더 편했다. 훈련 스케줄은 빡빡했다. 워밍업과 러닝까지. 수비훈련도 했다. 오후 2시까지 쉴 새 없이 훈련에 훈련이었다. 훈련 방식에 있어 한국과 크게 다른 건 없었다. 환경과 분위기가 새로운 건 사실이지만 야구를 하는 것은 다르지 않았다.

센트럴리그는 투수가 타격도 해야 하기 때문에 타격 훈련도 했다. 제대로 된 타격 훈련은 고교 졸업 후 처음이었다. 아직은 타이밍이 잘 맞지 않는 듯하다. 공이 빨라서 잘 보이지 않았다. 앞으로 연습을 더 많이 해야 할 것 같았다. 마무리투수라 얼마나 타격을 하게 될지 알 수 없었지만 만에 하나도 대비는 해야 했다.

돌직구에 대한 관심은 언론뿐만 아니라 한신의 투수들도 마찬가지였다. 특히 젊은 투수들은 내가 훈련하는 걸 유심히 지켜보기도 했다. 마쓰다 료마와 야마모토 쇼야는 팔꿈치 단련법을 물어봤다. 예전 오른쪽 팔꿈치 보강훈련 하는 과정에서 용기에 가득 담긴 물을 전부 소모할 때까지 분무기 레버를 반복해서 당기곤 했는데 이색 훈련으로 오른팔 강화에 상당히 도움을 받은 적이 있어, 이를 설명해줬다.

손가락으로 레버를 당기는 시늉을 했는데, 이게 돌직구의 비결로 둔갑하게 됐다. 선수가 선수를 가르치는 일은 좀 웃긴 상황이지만, 물어본다면 무엇이든 이야기를 해줄 마음이 있었다. 서로 도움이 된다면 팀에도 좋은 것이니까.

하지만 예상치 못한 문제가 발생했다. 일본 심판위원회에서 내 투구에 대해 이중동작 가능성을 제기한 것이다. 바로 왼발을 착지하기 직전 살짝 차주는 듯한 동작이 문제였다. 도모요세 마사토 일본 프로야구 심판위원장이 내게 한국과 일본의 차이를 설명했다는 기사가 나왔는데, 난 직접 들은 바가 없었다. 기사를 보니 아직까지 결론이 나지 않았지만 개막 전까지 심판진의 최종 결론이 나올 것이고, 입장을 구단에 전달하겠다고 했다.

이해가 가지 않았다. 이중동작 여부는 삼성에 입단할 때도 확인된 상황이었다. KBO는 내 투구영상을 메이저리그 사무국에 보내 확인까지 받았다. WBC나 올림픽 등 국제대회에서도 투구 동작을 가지고 문제 삼지 않았다. 한국에서는 일본의 견제가 시작된 게 아니냐는 얘기가 나왔다. 그냥 신경 쓰지 않기로 했다. 그 동안 문제가 없었으니 내 스타일을 고수했다. 한신 측도 내가 위축되지 않도록, 와다 감독님이 직접 나서서 심판위원회에 확인했다.

일본 언론에서는 내 투구폼 문제와 떨어지는 변화구가 없다는 점을 연이어 지적하고 나섰다. 늘 그랬듯이 신경 쓰지 않았다. 일본 무대에 진입하는 장벽에 들어선 내가 감수해야 할 부분이었다.

3월 5일 후쿠오카 야후오크돔에서 열리는 소프트뱅크와의 시범경기에 등판하게 됐다. 팀을 옮겨 소프트뱅크에서의 첫 시즌을 맞이하는 대호와 저녁을 함께 했다. 2년 먼저 일본에서 뛴 대호에게 물어볼 게 많았다. 대호는 일본 타자들에 대해서 아주 자세히 알려줬다. 소고기 저녁 대접에 배트도 한 자루 선물 받았다.

소프트뱅크와의 시범경기에는 7회 등판해 좌타자면 5명을 상대했다. 1이닝 동안 1안타, 1사구로 1실점했다. 1아웃 2루에서 야나기타 유키에게 던진 3구째 직구가 가운데로 몰려 중견수 키를 넘어가는 2루타를 맞은 것이다. 명백한 실투였다. 관심을 모았던 대호와의 맞대결은 대호가 6회 교체되면서 성사되지 않았다.

실점을 하긴 했지만 경기장에서 반가운 소식을 접할 수 있었다. 이날 경기장을 찾은 이노 오사무 심판 기술위원장 겸 야구규칙위원이 내 투구폼에 문제가 없다고 밝혔다. 시즌이 시작하기 전에 투구폼 논란에 종지부를 찍을 수 있어 홀가분했다.

8일에는 고시엔구장에서 처음 피칭을 했다. 닛폰햄과의 경기에 나가 1이닝 1피안타 1볼넷 무실점을 기록했다. 홈구장인 고시엔 마운드에 적응하는데 초점을 맞췄다. 스트라이크존을 익히는 것도 중요한 포인트 중 하나였다. 한국과 일본은 스트라이크존 높낮이에 차이가 있었다. 스트라이크존의 높낮이는 반드시 파악해둬야 할 문제였다. 그래야 유인구를 던질 수 있기 때문이다.

시범경기에 네 차례 더 등판했지만 나머지 경기에서는 실점이 없었고 최고 구속은 151킬로미터까지 나왔다. 일본 언론에서 좌타자에게 약하다고 지적했지만, 주로 좌타자를 상대하다보니 나온 결과였다. 물론 문제가 있다면 조언은 언제든지 받아들일 생각이었다.

시즌 준비는 순조롭게 진행되고 있었고 일본 생활도 서서히 적응돼 갔다. 아무래도 타국 생활이라 외롭긴 했다. 대구에서도 혼자 산 생활이 길었는데도 해외에서의 생활은 느낌이 달랐다. 우일이가 그림자처럼 붙어 다녔지만, 이상하게 외롭다는 생각이 들었다. 야구 빼고 즐길 거라곤 맛집을 찾아가서 음식을 먹는 게 전부였다.

'야구에 집중하기 딱 좋은 환경 아닌가.'

긍정적으로 생각하기로 했다.

그래도 가끔 한국 음식이 먹고 싶을 때가 있었다. 일본 여행도 자주 온 편이고, 일본 음식도 좋아하는 편이었지만 매일 먹으니 한국 음식이 그리워지는 건 어쩔 수 없었다. 그럴 땐 어머니가 보내주신 김치 덕에 힘을 낼 수 있었다.

대호와의 일본 첫 맞대결

시즌 개막전 상대는 요미우리였다. 한국에서 부모님과 형님들, 사랑스러운 조카까지 경기를 보러 왔기에 더 잘 던지고 싶었다. 하지만 개막전은 일방적으로 무너졌다. 요미우리가 홈런 4방을 치면서 창단 80주년 행사를 자축했다. 내가 나갈 일도 없었다. 그러나 일본 데뷔 무대는 빠르게 찾아왔다. 다시 도쿄돔에서 요미우리와의 전쟁이 벌어졌고 9회말 5대 3으로 앞선 상황에서 마운드에 올랐다.

안타를 하나 맞은 2아웃 1루 상황에서 8번 하시모토를 상대하게 됐다. 하시모토는 끈질기게 내 공을 커트했다. 첫 등판부터 전형적인 일본 타자 스타일을 맞닥뜨린 것이다. 결국 15구만에 하시모토를 중견수 플라이로 잡았다. 사람들은 내가 던진 32개라는 숫자에 집중했다. 너무 많이 던졌다며 걱정했고 투구 패턴이 단조로워서 그렇다는 분석까지 나왔다. 하지만 안타 대신 파울을 치고 싶은 타자가 있을까? 누가 뭐라 하든 나의 일본 첫 데뷔전이자 첫 세이브, 그리고 팀의 시즌 첫 승리였다.

4월로 넘어가 1일부터는 주니치하고 교세라돔에서 홈 개막 3연전을 갖게 됐다. 일본 고교 야구의 성지인 고시엔구장에서 고교 야구대회가 열리면 한신은 오릭스의 홈 교세라돔을 빌려 홈경기를 치른다고 했다. 한국에는 없는 돔구장이 많은 것도 내가 넘어야 할 관문이라는 얘기가 많이 나왔지만 나는 마운드가 딱딱해서 오히려 던지기 편했다.

요미우리와의 3연전에 대패를 당한 여파인지 홈 개막전에서도 0대 10으로 크게 졌다. 그러나 다음 날 15대 0으로 대승을 거두며 침체된 팀분위기는 살아났다. 3일 주니치와의 3연전 마지막 경기에서 나는 오랜 휴식 끝에 등판할 수 있었다. 7대 3으로 앞선 9회초 마운드에 올라갔으나 첫 타자 노모토 게이에게 안타를 맞았다. 도노우에는 중견수 플라이로 잡아냈지만 연이어 오시마 요헤이에게 우중간 떨어지는 3루타를 맞으며 일본 진출 첫 실점을 기록하게 됐다. 그래도 아라키 마사히로는 삼진으로, 헥터 루나는 겨우 3루 땅볼로 처리하며 팀의 7대 4로 승리를 지켰다. 내가 생각해도 겨우 막았다. 세이브 상황이 아니라 실점만 기록했다. 컨디션이 나쁜 것은 아니었는데,

상대 타자들이 내 공을 너무 쉽게 건드렸다.

4점차고 세이브 상황이 아니라 나도 모르게 긴장감이 풀렸다. 늘 주의하려 하지만 점수차가 큰 경기를 오히려 더 조심해야 한다. 팀 승리를 지키긴 했지만 안타를 2개나 맞아서 기분이 좋지 않았다. 승패에 영향을 미치는 실점이 아니었다는 게 위안이었다. 후쿠하라와 안도의 조언도 도움이 됐다. 형님뻘인 그들은 나를 친동생처럼 많이 챙겨줬다.

이날 모자에 니시오카의 등번호인 7번을 적고 나갔다가 심판한테 주의를 받았다. 한국에서는 부상 선수의 쾌유를 바라는 의미로 모자에 부상자의 등번호를 적고 출전하는 일이 많지만, 일본은 모자에 글자나 숫자를 새기는 것, 목걸이를 유니폼 밖으로 내어 착용하는 것을 금지하고 있었다. 그 사실을 전혀 알지 못하고 있던 나는 그저 니시오카가 빨리 그라운드로 돌아오길 바라는 마음을 표현했을 뿐이었다. 취재진이 몰려들어 모자 해프닝에 대해 질문해왔다. 그저 솔직히 "몰라서 한 일이고, 일본에서 금지라고 하니 앞으로 하지 않겠다"고 했다. 기자들은 이 해프닝을 '동료애'에 초점을 맞춰 보도했다. 어쨌든 실수가 화제가 되니 썩 유쾌하진 않았지만, 그냥 넘길 수밖에 없었다.

드디어 고시엔구장에서 홈경기가 펼쳐지게 됐다. 요코하마와의 고시엔 3연전 중 두 번째 경기에 등판했다. 이날 처음으로 새로운 등장곡인 'OH'가 공개됐다. 친분이 있는 주석 형이 만들어 준 곡이었다. 원래 '라젠카 세이브 어스'를 계속 쓰려고 했는데 사정이 생겨서 곡을 바꾸게 됐다. 스프링캠프 때는 본 조비의 'Because we can'을 쓰기도 했지만, 사정을 들은 주석 형이 솜씨 좋게 곡을 만들어줬다. 사실 경기 중에 선수들은 음악을 들을 수 없지만, 나만을 위한 노래가 만들어졌다는 점이 기분 좋았다.

하지만 그날 경기 내용은 기분 좋지 못했다. 2점을 내주며 2세이브를 거둬 의혹의 시선만 키우고 말았다. 하필이면 고시엔구장 첫 경기에서 안타 3개를 맞고 폭투 1개를 던졌다. 경기시간이 길어지게 만들어 경기장을 찾은 팬들에게 죄송스러웠다. 한신 팬들은 팀이 승리하는 순간 풍선을 날리는 걸로 유명한데 내가 9회를 빨리 끝내지 못하는 바람에 미리 불어둔 풍선을 날리지 못한 것이다. 여기저기서 풍선 터지는 소리가 들렸다.

같은 일본이라 해도 대호가 뛰고 있는 소프트뱅크는 *퍼시픽리그, 한신은 센트럴리그라서 맞상대할 기회는 *교류전뿐이었다. 드디어 교류전이 열렸다. 한국에서 그랬듯, 일본에서도 두 동갑내기의 대결은 흥행카드였다.

한국에서는 내가 대호한테 약했다. 25타수 8안타. 그중 홈런이 3개나 된다. 더구나 대호는 나보다 먼저 2년 동안 일본 무대를 경험해, 경험에서도 앞서 있었다.

"오승환과 맞대결할 기회조차 만들지 않겠다. 오승환이 나오지 않게 하는 것이 최고의 시나리오다."

대호가 인터뷰에서 이렇게 밝혔다. 내 입장에서도 마운드에 올라간다면 대호는 잡아내야 할 타자일 뿐이었다. 한국에서 그랬듯, 우리가 첫 번째로 바라는 건 팀의 승리였다.

센트럴리그 · 퍼시픽리그

1936년 출범한 일본 프로야구는 1950년 양대리그제를 도입한다. 오승환의 소속팀인 한신 타이거즈나 명문구단으로 알려진 요미우리 자이언츠, 주니치, 야쿠르트, 요코하마, 히로시마가 센트럴리그 소속이다. 두 리그의 큰 차이는 지명타자 제도를 유무로. 센트럴리그는 지명타자 제도를 도입하지 않아 투수가 타석에도 서야 한다. 반면 소프트뱅크, 오릭스, 닛폰햄, 세이부, 라쿠텐, 지바롯데의 퍼시픽리그는 1975년부터 지명타자 제도를 도입했는데 퍼시픽리그가 센트럴리그에 비해 인기가 낮은 게 주된 이유였다. 요미우리, 주니치 등 신문사와 방송사를 모기업으로 둔 구단이 많은 센트럴리그는 TV가 보급되면서 인기가 높아졌고, 상대적으로 퍼시픽리그는 인기가 떨어질 수밖에 없었다. 요미우리는 60~70년대 나가시마 시게오, 오 사다하루 등 인기 스타에 힘입어 일본시리즈를 9연패하며 독보적인 인기구단 자리에 올랐다. 자연스럽게 요미우리가 포함된 센트럴리그에 관심이 쏟아졌다.

퍼시픽리그는 80년대 세이부가 황금기를 구가하며 서서히 인기를 회복했으며 오 사다하루가 지휘봉을 잡은 다이에(현 소프트뱅크)도 인기구단으로 떠올랐다. 이치로의 등장과 돔구장의 건설로 퍼시픽리그에 대한 관심도 높아졌다.

그러나 2004년 오릭스와 긴데쓰 버펄로스가 합병하면서 많은 리그 재편 논의가 이루어졌지만 결국 라쿠텐 골든이글스의 창단으로 12개 구단 양대리그제가 존속됐다.

교류전

프로야구의 인기가 하락하자 이에 대처하기 위해 만들어진 제도. 교류전은 미국 메이저리그의 인터리그처럼 센트럴리그 팀과 퍼시픽리그 팀이 정규시즌에도 경기를 갖는 제도로 2005년 도입됐다. 이전에는 양 리그의 팀간의 대결은 시범경기와 올스타전, 일본시리즈에서만 볼 수 있었다.

2005년, 2006년은 홈, 어웨이경기를 3차례씩 총 6경기를 가졌으나, 2007년부터 2014년까지는 24경기로, 2015년부터는 18경기로 더욱 축소됐다.

한 해는 센트럴리그 팀이 홈 3연전을, 다음 해에는 퍼시픽리그 팀이 홈 3연전을 갖는 방식이다.

G·U·M
Panasonic

MIZUNO
アリナミンV
一番
朝日新聞
Kubota

교류전 첫 경기는 대호의 말대로 됐다. 한신이 큰 점수 차이로 패해, 내가 나설 차례가 오지 않았다. 대호와 나의 일본 첫 맞대결이 성사된 건 5월 24일 경기였다. 팀이 4대 3으로 앞선 9회말 마운드에 올라가자 바로 대호와의 승부가 기다리고 있었다. 노아웃 1루, 장타 한 방이면 동점을 내주는 상황에서 대호가 타석에 들어섰다. 포수 쓰루오카는 변화구 위주로 사인을 냈다. 하지만 카운트를 잡기 위해 던진 빠른 슬라이더가 생각보다 덜 휘었다. 대호는 그대로 잡아당겨 좌전 안타를 만들어냈다.

대호에게 안타를 맞고 나자 집중력이 올라갔다. 병살을 유도하기보다는 한 타자, 한 타자씩 처리하자고 마음먹었다. 결국 점수를 주지 않고 3아웃. 순간적으로 이마에서 땀이 흐르는 것을 느꼈다. 투구수도 27개나 된 어려운 세이브였다. 그래도 이날 거둔 12번째 세이브로 나는 센트럴리그 세이브 부문 단독 선두로 올라섰다.

시즌 막바지의 연투

300번째 세이브는 한국 무대가 아닌 일본에서 지켜냈다.

한신 유니폼을 입은 7월, 주니치와의 원정경기에서 무실점을 기록하며 시즌 22세이브째를 거뒀다. 평균자책점은 2.00까지 내려갔고 한일 통산 299번째 세이브였다. 삼성으로 복귀한 창용이 형이 최초의 한일통산 300세이브 기록을 세웠는데, 이제 그 기록이 사정권에 들어온 것이다.

7월 21일 고시엔구장에서 열린 요미우리와의 경기에서는 1이닝 무실점으로 팀의 3대 0 승리를 지켜냈다. 시즌 23세이브이자 한일 통산 300개째 세이브였다. 기분은 좋았다. 팀 승리를 300번 지켜냈다는 의미 아닌가.

가장 중요한 건 여기서 끝나지 않아야 한다는 것. 250세이브를 달성한지 오랜 시간이 지나지 않은 기분이었는데 어느새 300세이브 위치에 도착해 있었다. 350, 400세이브까지 갈 수 있다는 충분한 자신감이 생겼다.

한신 구단은 한일 통산 300세이브 공을 고시엔역사관에 전시하기로 했다.

어느새 시즌은 마지막을 향해 치닫고 있었다.

순위 판도는 요미우리가 선두를 달리고 한신과 히로시마가 2위 싸움을 펼치고 있을 때였다. 9월에 들어서도 요미우리와의 격차는 좀처럼 좁혀지지 않았다. 팀의 승리를 반드시 지켜내야 하는 상황이 계속되면서 나는 고시엔에서 열린 요코하마와의 경기에서 34세이브를 올리면서 창용이 형의 33세이브기록을 넘어섰다. 창용이 형은 내가 일본에 진출할 때 자신이 갖고 있는 모든 기록을 깨고 오라 말했는데 조금씩 현실이 되고 있었다.

그러나 팀 상황은 심각했다. 한창 요미우리를 따라잡아야 할 때, 6연패에 빠졌다. 3위로 처졌고, 4위와의 차이도 많지 않았다. 나도 세이브가 성립되건 말건 아랑곳하지 않고 무조건 등판할 준비를 하고 대기해야 했다. 개인 세이브숫자는 이전 외국인 선수 데뷔시즌 최다 세이브기록인 35세이브를 넘어섰고, 한일 통산 500경기 출장기록도 세웠다. 심지어 타석에 들어서기도 했다. 주니치의 공격을 2이닝 막으면서, 투수 후쿠타니를 상대로 내야안타까지 뽑았다. 아쉽게도 홈을 밟지는 못했지만.

좋은 일만 있는 건 아니었다. 23일 요코하마 원정경기에서 일본 진출 후 첫 끝내기 2점 홈런을 맞았다. 시즌 4패째이자 6번째 블론세이브. 이날 패배로 사실상 1위 요미우리는 따라갈 수 없게 됐다. 2위 히로시마와의 격차도 줄어들지 않았다. 그래도 2위 탈환을 위해 빨리 잊어야 했다. 술의 힘을 빌릴 상황도 아니었다. 다음 날인 24일 시즌 36세이브를 올리며 전날 악몽을 씻었다. 시즌 37세이브의 상대는 바로 2위 히로시마였다. 승차를 줄여 0.5게임 차로 히로시마를 바싹 따라잡는 세이브였다.

시즌 막판에 들어서면서 나는 매일 등판하고 있었다. 이기는 게임, 지는 게임 가릴 때가 아니었다. 정규시즌 마지막 경기만이 남았을 때 나는 4경기 연속 등판 중이었고 히로시마와는 격차는 1게임으로 벌어져 있었다. 마지막 경기의 상대는 바로 히로시마. 무조건 이겨야 하는 게임이었다. 이겨놓고 한 경기 더 남은 히로시마의 결과를 지켜봐야 했다.

10월 1일 히로시마 원정 경기에서 나는 5경기 연투에 나섰다. 이 경기의 승패에 와다 감독님의 거취가 걸려 있었다. 이번 시즌에서 2위 안에 들면 와다 감독이 연임될 것이고, 3위 이하로 떨어진다면 거취가 불안해지리라는 평가가 지배적이었다.

4대 2로 리드한 8회 1아웃 1, 2루 위기 상황에 나선 나는 주자들의 진루도 허용하지 않고 아웃카운트 2개를 잡아냈다. 9회말도 삼자범퇴로 마쳤다. 팀은 마지막 경기에서야 히로시마와의 승차를 없애는데 성공했고, 히로시마가 요미우리와의 최종전에서 지면서 우리 팀은 2위로 올라섰다.

나는 시즌 39세이브를 올렸다. 39세이브는 *선동열 감독님의 일본 최다 세이브 기록을 넘어서는 숫자였다. 일본 데뷔 시즌 구원왕 자리는 덤이었다. 많은 것을 가져온 일본 첫 시즌이었다.

I **미국, 일본의 최다세이브 기록 그리고 오승환의 기록**

미국 메이저리그 한 시즌 최다세이브 기록은 2008년 LA 에인절스의 마무리투수 프란시스코 로드리게스(밀워키 브루어스)가 세운 62세이브다. 통산 최다 세이브 기록은 뉴욕 양키스의 뒷문지기였던 마리아노 리베라의 652세이브다. 리베라는 1995년 메이저리그에 데뷔해 1997년부터 2013년까지 양키스의 뒷문을 지켰다.

일본 한 시즌 최다세이브 기록은 2005년 주니치 드래건스의 이와세 히토키와 2007년 한신 타이거즈의 후지카와 큐지(텍사스 레인전스)가 세운 46세이브다. 통산 최다세이브 기록은 이와세가 지난 시즌까지 402세이브를 기록 중이다.

오승환은 삼성 라이온즈에 입단한 2005년부터 마무리투수 역할을 맡으며 2006년과 2007년 한국 한 시즌 최다세이브 기록이자 아시아 최다 세이브 기록인 47세이브를 거뒀다. 2013년까지 277세이브를 세워 한국 최다세이브 기록도 갖고 있다.

클라이맥스
시리즈 개막

정규리그가 끝나고 클라이맥스시리즈에 들어섰다. 일본 무대를 밟은 첫해 클라이맥스시리즈에 진출하니 팀에 조금이나마 공헌한 듯해서 으쓱했다. 한국에서 리그 3위를 하나 4위를 하나 별다른 차이가 없었던 것에 비해, 일본은 2위에게 굉장한 특전이 있었다. 퍼스트스테이지 경기가 모두 2위 팀의 홈구장에서 열리며 3전 2선승제에서 1승 1무만 거둬도 파이널스테이지로 진출할 수 있었다.

마지막 경기에서의 기적처럼 역전한 덕에 압도적 우위를 점한 것이다. 그렇지만 방심할 수 없었다. 한신에겐 바로 1년 전 2위를 차지하고도 히로시마에게 2연패하여 파이널스테이지에 올라가지 못한 아픈 기억이 있었다. 이번 퍼스트스테이지는 1년 전의 패배를 설욕

해야 할 자리였다.

5경기를 연투하긴 했지만 *클라이맥스 시리즈 개막까지 열흘이나 휴식을 취했고. 팀도 내가 충분히 쉴 수 있도록 배려해줬다. 포스트 시즌 준비를 앞두고 다른 동료들은 실전감각을 유지하기 위해 미야자키에서 열리는 피닉스리그 경기에 다녀왔지만, 난 고시엔에 남아 찬찬히 퍼스트스테이지를 준비할 수 있었다.

11일 만원관중 앞에서 낮 경기로 퍼스트스테이지 1차전이 시작됐다. 한신의 선발은 랜디 메신저였다. 나는 메신저에게 늘 미안한 음

클라이맥스시리즈

2004년에서 2006년에 이르는 3시즌 동안 퍼시픽리그는 시즌 상위 성적을 기록한 3개 구단에 의한 스탭-레더 방식의 플레이오프 제도가 시행되었다. 이 제도가 흥행에서 대성공을 거둔 데다 2004년, 2005년 모두 이 플레이오프를 뚫고 올라온 퍼시픽리그 구단이 일본시리즈 정상에 오르면서 2006년에는 센트럴리그에도 이 제도를 도입하자는 의견이 제기됐고, 2007년부터 양 리그 모두 클라이맥스시리즈를 시행하게 됐다. 도입 초기에는 리그 2위 팀 vs 3위 팀의 경기를 '제1 스테이지', 리그 우승팀 vs 제1 스테이지 승리 팀의 경기를 '제2 스테이지'라고 칭했지만 2010년 시즌부터 제1 스테이지를 '퍼스트 스테이지', 제2 스테이지를 '파이널 스테이지'로 명칭을 변경했다.

'퍼스트 스테이지'에서는 정규 시즌 2위 구단과 3위 구단이 2위 구단의 홈구장에서 3전 2선승제로 맞붙는다. 승리 수가 많은 구단이 승자가 되어 파이널 스테이지에 진출한다. 만약 무승부가 생기면 3차전 종료 시점으로의 대전 성적이 '1승 1무 1패' 혹은 '0승 3무 0패'가 같은 승패 수가 되었을 경우에 2위 구단이 승자가 된다. 2차전 종료 시점에서 승자가 결정했을 경우('두 개의 구단 중 한 팀의 2승' 혹은 '2위 구단의 1승 1무'), 3차전은 실시하지 않는다.

'파이널 스테이지'에서는 리그 우승 팀과 퍼스트 스테이지에서 승리한 팀이 리그 우승 팀의 홈구장에서 6전제 경기를 치른다. 리그를 우승한 팀은 정규 시즌 성적에 대한 혜택으로 1승의 어드밴티지가 주어진다. 이 어드밴티지 1승을 포함해 먼저 4승을 거둔 팀에겐 '클라이맥스 시리즈 우승 구단'이라는 칭호가 주어지며 일본 시리즈의 진출권을 얻는다. 다만 클라이맥스 시리즈 도입 첫 해였던 2007년에는 1승 어드밴티지가 주어지지 않은 조건으로 5전 3선승제 경기를 치렀다.

을 품고 있었다. 정규시즌에서 저지른 6번의 블론세이브 중 메신저가 선발로 나선 경기만 4번이나 됐다. 내가 메신저의 4승을 날린 셈이다. 등판하게 된다면 승리를 결정지은 위닝볼을 꼭 메신저에게 주고 싶었다.

경기는 히로시마 선발 마에다와 메신저의 팽팽한 투수전으로 전개됐다. 메신저는 후쿠도메의 솔로홈런으로 1점을 리드한 상태에서 8회까지 무실점으로 마운드를 지켰다.

9회는 내 차례였다. 상대는 히로시마의 클린업트리오. 1점차의 긴박한 상황이라 여유를 잃지 않으려고 노력했다. 고시엔구장 본부석 위쪽을 잠시 쳐다보고 있으니 마음이 가라앉았다. 12개의 공으로 세 타자 모두를 삼진처리했다.

결정적인 1승이었다. 이제 2차전을 비겨도, 심지어는 경기가 우천 취소된다 해도 파이널스테이지 진출이 확정되는 압도적으로 유리한 상황.

2차전 역시 투수전으로 전개됐다. 1차전보다 한술 더 떴다. 한신은 노미를, 히로시마는 오세라 다이치를 선발로 올렸고 0의 행진이 계속됐다. 나는 9회부터 마운드를 지켰다. 9회를 무실점으로 막았고, 10회도 무실점으로 막았다. 하지만 10회말에도 한신 타선이 점수를 내지 못했다.

나카니시 코치님이 "한 이닝 더 던질 수 있냐"고 물었다. 우일이의 통역을 들은 내 입에서 나도 모르게 "또?"라는 말이 튀어나왔다. 2이닝을 던질 수도 있다는 말이야 미리 들었지만, 3이닝을 던지라고 할 줄은 예상하지 못했던 것이다.

그래도 다행인 건 1이닝을 더 던질 힘과 자신감이 있었다. 내가 무실점으로 막아내면 타선이 점수를 못내도 다음 스테이지로 진출할 수 있는 상황. 안 던질 이유가 없었다.

11회에도 마운드에 올라, 안타를 하나 맞았지만 무사히 세 타자를 처리하고 내려왔다. 더그아웃으로 돌아오니 와다 감독님이 입구까지 나와 악수를 청했다.

"고맙다."

나는 그냥 고개를 끄덕이고 수건으로 땀을 훔쳤다. 투구수는 36개. 곧바로 아이싱을 하고, 벤치에 앉아 남은 경기를 지켜봤다. 11회 말 공격도 득점을 내지 못했지만, 후쿠하라가 12회를 막아내면서 경기는 무승부로 끝났다. 한신이 다음 무대인 파이널스테이지에 진출하게 된 것이다.

그런데 나는 두 라이벌 팀 *한신과 요미우리의 관계를 가볍게 보고 있었던 것 같다. 내 생각보다 훨씬 열광적인 경기가 벌어질 것이라는 것도, 내가 생각보다 훨씬 많은 공을 던지게 된다는 것도 예상하지 못했다.

| 한신과 요미우리의 관계
요미우리는 일본의 수도 도쿄를 중심으로 간토의 상징이다. 반면 한신은 일본의 오랜 수도였던 교토와 오사카 지역이 중심인 간사이 지역을 대표한다. 요미우리는 1934년 일본 최초의 프로구단인 도쿄 자이언츠로 태어났다. 한신은 이듬해인 1935년 오사카야구클럽이 그 시작이다. 요미우리와 한신은 일본 프로야구의 시초나 다름없다. 이런 오랜 역사 속에서 라이벌로 자리 잡을 수밖에 없었다. 더구나 간토와 간사이 지방의 라이벌 의식은 오래전부터 이어져, 이 둘의 경기는 지역의 대리전 양상이었다.
일본시리즈 우승 회수만 놓고 봤을 때 비교가 되지 않는다. 요미우리는 22번이나 되지만 한신은 1985년 단 한 차례 우승에 그쳤다. 그러나 한신은 열광적인 팬들로 유명하다. 투박하지만 인간적인 매력이 넘치는 팀으로 평가받는다.

한신과 요미우리의 라이벌 전쟁

요미우리와 도쿄돔에서 파이널스테이지를 벌이게 됐다. 퍼스트스테이지에서 우리가 그랬던 것처럼 파이널스테이지에서는 우승팀 요미우리가 절대적인 어드밴티지를 갖고 시작했다. 파이널스테이지는 6전 4선승제인데 요미우리가 1승을 안고 시작하며 모든 경기가 요미우리의 홈인 도쿄돔에서 벌어진다. 다른 구장으로 이동할 일이 없으니, 이동일도 없었다. 즉 쉬는 날 없이 6연전을 치러야 했다. 우리는 6경기 중 4번을 이겨야 일본시리즈에 진출할 수 있었다.

내가 정규시즌 가장 안 좋은 성적을 거뒀던 팀이 하필 요미우리였다. 전체 기록은 11경기 1패 5세이브 평균자책점 3.48이었지만, 도쿄돔에서 벌어진 경기만 따져보면 5경기 1패 4세이브에 평균자책점이

5.79까지 치솟았다. 요미우리가 우세할 거라 예상하는 이유 중 하나는 마무리인 내가 요미우리를 잘 막아내지 못하리라는 거였다. 박빙의 상황에서 믿을 수 있을지 의심스럽다는 눈초리를 받고 있었다.

하지만 나는 7월 중순까지 요미우리전에서 단 1점도 주지 않으며 '거인킬러'로 불렸다. 7월 이후 요미우리전 성적이 떨어지긴 했지만 요미우리가 날 분석했던 것처럼 나 역시 요미우리를 상대하면서 얻은 게 있었다.

숙소에 도착하니 도쿄에 사는 한신의 열성팬이 피로회복에 좋다는 산소캡슐을 보내줬다. 산소캡슐은 고가의 의료기기인데, 피로회복과 집중력 향상에 좋다 했다. 긴 포스트시즌을 눈앞에 두고 마다할 이유가 없었다.

15일 파이널스테이지 1차전이 열렸다. 1회 터진 마우로 고메즈의 투런홈런 등으로 기선을 제압한 한신은 8회말까지 4대 1로 리드했고 내가 9회말 마운드에 올라가 1이닝 무실점으로 마침표를 찍었다. 2번째 타자 무라타를 몸에 맞는 공으로 내보낸 게 옥의 티였다. 도쿄돔 조명이 좀 어두워 포수 사인이 잘 안보였지만 경기력에 큰 영향을 미칠 정도는 아니었다. 이제야 1승 1패, 동률이 된 셈이었다.

다음 날 2차전도 한신의 분위기였다. 5대 2로 앞선 상황에서 9회를 막았다. 전날 조명이 잘 보이지 않아 눈에 안약을 넣고 올라갔다. 1차전은 19개, 2차전에는 15개를 던졌다. 팀 동료들은 연투로 피곤

하지 않냐고 걱정했지만, 오히려 2차전에 더 컨디션이 좋았다. 게다가 17일 벌어질 3차전이 내게는 중요했다. 3차전 선발 메신저에게나 요미우리에게나 정규시즌에 만들어둔 빚이 있었다. 양쪽 모두에게 제대로 빚을 갚을 기회를 기다리고 있었다.

3차전은 8회 2아웃 상황에서 올라가야 했지만 무난히 세이브를 올렸다. 클라이맥스시리즈 4세이브째이자 2007년 이와세 히토키가 세운 클라이맥스시리즈 최다 세이브와 타이 기록이었다.

클라이맥스시리즈의 전 경기 등판했고, 정규시즌까지 따져보면 10경기에 연속으로 등판하고 있었다. 연속 등판은 일본은 물론, 한국에서도 화제가 되고 있다고 했다. 하지만 중간에 휴식을 취한 걸 생각하면 연속 등판 대접받는 게 조금 민망한 기분이었다.

이제 남은 1승이 중요했다. 4차전의 분위기는 완전히 우리쪽으로 넘어왔다. 타선이 초반부터 홈런 3방을 터트리며 점수차를 벌려갔고 내가 등판했을 땐 8대 2로 앞서 있었다.

굳이 내가 나서지 않아도 될 점수차였지만, 헹가래 투수를 하기로 정해져 있었다. 결국 4일 연속 벌어진 파이널스테이지의 모든 경기에 등판하게 됐다.

그런데 일이 묘하게 꼬였다. 등판하자마자 첫 타자 세페다에게 솔로홈런을 맞은 데다 다음 타자 사카모토에게도 백투백 홈런을 내준 것이다. 요미우리가 8대 4로 따라왔다.

항상 점수차가 클 때 더 위험하다고 마음을 다잡으려 하지만, 그 땐 나도 모르게 승부가 갈렸다고 방심했던 것이다.

다행히 아직 4점이 남아있었다. 팀 동료들이 만들어준 여유였다. 와다 감독님도 마운드로 올라와 서두르지 말고 천천히 잡아나가자고 말씀해주셨다.

이바타는 우익수 플라이로 처리하며 한숨 돌렸으나 앤더슨에게 또 우전안타를 맞았다. 그 다음 타자는 나를 상대할 때 타율 6할6푼 7리, 내게 가장 강했던 아베 신노스케였다. 위기가 기회라고 했던가. 아베를 상대하게 되니 오히려 더 집중력이 높아지는 게 느껴졌다. 풀카운트 승부 끝에 아베를 삼진으로 잡아냈다. 마지막 아웃카운트는 무라타의 2루수 플라이로 얻어냈다. 9년만에 한신의 일본시리즈 진출이 확정되는 순간이었다.

1패를 안고 시작했고 모든 경기가 적진에서 벌어졌다. 이겨내야 하는 것들이 많은 상황에서 동료들이 이겨냈다는 생각이 들었다.

시상식에서 내가 MVP에 선정됐다는 얘길 들었을 땐 장난인 줄 알았다. 백투백 홈런을 허용한 투수가 MVP라니. 하지만 장난도, 잘못 들은 것도 아니었다. 쑥스러운 MVP였지만 입단 첫해 치곤 팀에 보탬이 됐다고 주는 상으로 받아들였다. 그리고 백투백 홈런은 긴장 풀지 말라는 뜻에서 맞은 거라 받아들였다.

숙소로 돌아가 축승회를 진행하면서 오사카 시내가 온통 축제분위기라는 걸 알았다. 남녀노소 할 것 없이 *도톤보리강(江)에 뛰어들었고, 나는 *이시가미사마(石神様), 돌부처님이라 불리고 있다 했다. 뿌듯함은 더해졌다.

퍼시픽리그 클라이맥스시리즈에서는 대호의 소프트뱅크가 일본시리즈 진출을 확정지었다. 또다시 대호와의 맞대결이 벌어진다. 이번엔 진검승부를 벌이겠구나 하는 생각이 들었다. 일본시리즈에서도 기회만 온다면 연투를 마다하지 않겠다, 우승을 확정짓기 위해 나서

도톤보리강

오사카 남부 지역을 가로지르는 강. 도톤보리강은 유흥가가 밀집된 지역의 중간을 흐르고 있어 유동인구가 많다. 한신이 우승을 하면 도톤보리 인근에 모여있던 한신팬들이 도톤보리강에 대거 뛰어드는 게 하나의 전통으로 자리잡았다.

전통은 저주도 낳았다. 한신이 유일하게 일본시리즈에서 우승한 1985년, 흥분한 팬들은 외국인 타자 랜디 바스와 닮았다며 KFC 매장 앞에 서 있는 KFC 창립자 커넬 샌더스 동상을 도톤보리강에 던졌다. 하지만 한신은 그 이후 단 한 번도 우승하지 못해 '샌더스의 저주'가 생겨났다. 샌더스 동상은 2009년 강바닥에서 발견되어, 고시엔구장에 전시되어 있다.

한신이 센트럴리그에서 오랜만에 우승한 2003년과 2005년에는 도톤보리강에 뛰어든 한신 팬이 익사하는 불행한 사고가 벌어지기도 했다.

2014년 가을, 9년 만에 5,000여 명의 인파가 도톤보리강에 뛰어드는 장관이 연출됐다. 클라이맥스시리즈 파이널스테이지에서 오승환의 역투를 앞세운 한신이 라이벌 요미우리의 어드밴티지를 뚫고 일본시리즈에 진출했기 때문이다.

이시가미사마(石神様)

요미우리와의 클라이맥스시리즈가 끝난 뒤 오승환에게 붙은 별명. 돌부처의 '돌'과 '신'을 합치고 일본의 존칭어인 '사마'를 붙여 만든 호칭이다. 한국말로는 '석신님' 정도라고 생각하면 될 듯. 일본에서 오승환의 별명은 한국 시절과 같은 돌부처(石佛)였으나 클라이맥스시리즈 파이널스테이지에서 4일 연투를 하며 한신의 일본시리즈 진출을 이끌자, 도톤보리강에 뛰어드는 한신 팬들이 "이시가미사마 만세!"라고 외쳤다.

겠다고 각오를 다졌다.

하지만 대호와의 맞대결도, 일본시리즈 우승을 확정짓기 위해 등판할 일도 없었다. 한신은 1승 4패로 준우승에 만족해야 했다. 나는 6대 2로 앞선 1차전 9회에는 마운드에 올라 승리를 지켰지만, 그 다음 경기부터 이어진 4번의 패배는 막지 못했다. 특히 10월 29일 열린 5차전에서는 2대 2로 맞선 10회말에 등판했다가 나카무라 아키라에게 우월 끝내기 3점 홈런을 허용하고 말았다. 야구를 하면서 가장 뼈아픈 승부 중 하나였다. 승패와 직결된데다 1승 3패로 시리즈 분위기를 소프트뱅크 쪽으로 확 넘겨주는 순간이었다. 그게 일본시리즈 마지막 등판이 됐다.

소프트뱅크는 다음 날에도 승리하면서 우승을 확정지었다. 아쉽지 않을 수는 없었지만 대호에게 축하의 인사를 건넸다.

이렇게 2014년 일본시리즈는 내게 큰 여운을 남기며 끝났고 우승이라는 숙제를 남겼다. 일본에서 보낸 첫해의 마무리였다.

安藤 優也
16
Tigers
16
Tigers
50
50
藤井 彰人
ランディ・メッセンジャー
54
22
呉 昇桓 (オ・スンファン)

尼崎信用金庫
KIRIN 生茶

나는 마무리투수 오승환이다

'나는 마무리투수다.'

프로야구 선수로서 나는 쭉 마무리투수로 살아왔다. 데뷔 초 중간계투로 시작했지만, 뒷문을 책임지게 됐다. 그때부터 마무리투수라는 사명감이 내 어깨 위에 자리 잡았다. 마무리투수는 언제 나갈지 모른다. 팀이 원하면 항상 준비를 해야 한다. 프로 첫 세이브를 거뒀을 때가 잘 기억나진 않지만, 지금까지 쌓아온 세이브가 나한테 모두 소중하다. 팀 승리를 내가 지켜냈다는 뿌듯함 때문이다.

이제 한국 프로야구에서도 누가 선발로 뛰어야 할지 고민하는 만큼, 마무리를 누구에게 맡길지 고민하는 시대가 됐다. 그만큼 뒷문의 중요성이 부각되기 시작한 것이다. 올스타전 투표에서도 구원투수

부문이 따로 생긴 것도 이런 시대의 변화를 담고 있다고 볼 수 있다.

그러나 아직도 아쉽기만 하다. 마무리투수에 대한 중요성이 커졌지만, 그에 따른 지원과 대우는 한참 멀었다. 그래서 내가 더 마무리투수라는 점에 애착을 갖고, 책임감이 생기는 것 같다. 더욱이 한국 프로야구에서 마무리투수로 롱런한 선수가 별로 없다는 점은 내게 큰 동기부여가 됐다. 내로라하는 선배들도 7년 이상 마무리투수로 롱런하지 못했다. 마무리투수를 꿈꾸는 후배들을 위해서라도, 한국에서도 마무리투수로 성공적인 삶을 살 수 있다는 걸 보여주고 싶었다.

2010년 야구인생의 두 번째 재활을 더 열심히 했던 이유도 마무리 투수라는 책임감 때문이었다. 돌이켜 보면 그 시기는 힘들었다. 하지만 그 때 얻은 많은 교훈 덕분에 나는 지금까지 가장 마지막에 마운드에 오르는 투수로 남아 있게 됐다.

사실 따지고 보면 다시 투수로 본격적인 삶을 시작한 대학시절부터 나는 선발보다는 마무리에 가까웠다. 물론 그 때는 더 많은 이닝을 던져야 했다. 선발로 나선 투수가 3~4이닝 만에 내려오는 경우가 많았고, 그럼 항상 내 차례였다. 짧은 이닝을 던지는 프로야구의 '마무리투수'와는 개념이 달랐지만, 어쨌든 경기 끝까지 책임지는 '소방수' 역할을 하면서 많은 것을 체득할 수 있었다.

그중에서도 가장 큰 소득은 바로 마운드 위에서의 '마인드'였다.

경기 후반을 버티는 방법과 기술도 중요했지만, 구원투수는 마인드가 더 중요하다는 것을 깨달았다. 물론 의식했던 건 아니지만, 지나고 나서 보니 마운드 위에 섰을 때 내 머릿속을 채웠던 생각은 이런 느낌이었다.

"이 순간은 내가 지배한다."

이닝, 점수차, 상대타자가 누구인지와 같은 내가 컨트롤 할 수 없는 부분은 중요하지 않다. 승부는 내가 공을 던져야 시작된다. 내 공만 마음먹은 대로 던지면 결과는 하나뿐이다. 누구도 제대로 던진 내 공을 칠 수 없다. 그래서 다음 공을 던지는 데에만 모든 걸 집중했다.

사람들이 자주 물어보는 말이 있다.

"어떻게 최고의 마무리투수가 되었나?"

그에 대한 대답은 간단하다. 나는 최고의 마무리투수라고 생각하지 않는다. 그저 한 타자 한 타자를 승부하는 데 전력을 다했다. 부끄럽지만, 팀 승리를 위해 타자와 승부하는 그 순간을 지배하기 하기 위해 노력했다. 삼성 라이온즈 유니폼을 입었을 때도, 한신 타이거즈의 유니폼을 입고서도 늘 머릿속에 떠나지 않는 말이 '순간을 지배하자'이다. 조금은 낯간지럽지만, 프로를 꿈꾸며 땀을 흘리는 아마추어 선수뿐만 아니라, 어떤 목표를 이루기 위해 지금도 온 힘을 다하고 있는 모든 사람들이 조금 더 집중하면 그 순간이 자신의 것이 되고, 순간을 지배할 수 있다는 말을 함께 공감하고 느꼈으면 한다.

지금까지 내 이야기가 현실과는 동떨어진, 다른 세상처럼 느껴졌을지도 모른다. 너무 야구 이야기만 해서 지루했을까 걱정도 된다. 하지만 그건 어쩔 수 없다. 나는 야구선수니까. 열한 살 때 야구를 시작한 뒤로 늘 '야구하는 오승환'이 되기 위해 살아왔다. 지금도 마찬가지다.

시즌이 끝나고 쉴 때도 나는 그 다음 시즌을 위해 준비를 해왔다. 물론 충분한 휴식을 취하지만, 규칙적인 생활을 통해 내 자신을 다스리려 한다. 그건 내가 지켜야 할 팀의 승리, 그 순간을 위해서 당연하다고 여겼다. 어렸을 때부터 야구를 잘 해야겠다고 생각해 본 적은 없지만, 무엇이든 한다면 잘해야만 한다고 생각해왔다. 그걸 충실히 실천하려 했다.

주변에서 "야구선수로 성공한 삶을 살고 있다"라는 말을 많이 한다. 하지만 나는 그렇게 생각하지 않는다. 지금까지 도와주는 사람들도 많았고 운도 좋은 편이었다. 성공한 야구인생을 논하기엔 아직 멀었다. 내 야구는 아직도 현재 진행형이다. 그래서 승리를 지키기 위해 마운드에 서있는 순간에 더욱 집중하려는 건지 모르겠다. 그게 '오승환답다'는 말에 가장 잘 어울리지 않을까.

나는 야구공을 던질 수 있는 이 순간이 너무 즐겁다.

SH OH

22

칼럼

한국 야구 역사상 가장 위대한 투수는 누구인가?

위 질문에 대한 정답은 당연히 선동열이다. 선동열처럼 오랫동안, 철저하게, 리그를 지배한 투수는 없기 때문이다. 국내무대 11시즌 동안 무려 다섯 번의 '0점대 평균자책점', 1.20의 통산 평균자책점, 0.172의 통산 피안타율 등, 만화 같은 기록을 수도 없이 남겼다. 500이닝 이상 던진 메이저리그 투수 가운데 평균자책점 최저 기록은 에드 월쉬의 1.82. 최저 피안타율은 빌리 와그너의 0.187이다.

이번에는 질문을 바꿔보자. '동점인 9회말, 당신의 팀은 노아웃 만루 위기에 몰렸다. 감독인 당신은 한국 야구사의 모든 투수들 중에 한 명을 골라 마운드에 올릴 수 있다. 당신의 선택은?'

당연히 선동열은 탁월한 선택이다. 하지만 이 질문에 대한 유일한 답은 아닐 수도 있다.

지금 당신의 투수는 출루조차 허용하면 안 된다. 삼진을 잡아내는 게 최상의 시나리오다. 한국 야구사에서 가장 완벽하게 출루를 억제하고, 가장 삼진을 잘 잡아낸, 즉 가장 압도적인 투수를 선택해야 하는 것이다.

선동열의 피출루율은 0.228. 6114명의 타자를 만나 1698명을 삼진으로 잡아내 탈삼진 비율이 27.8%였다. 둘 모두 역대 2위다.

피출루율 0.223, 피안타율 0.168, 탈삼진 비율 32.3%로 역대 1위인 투수는 바로 오승환이다.

당연히 반론이 가능하다. '선동열도 구원으로만 던졌을 때는 더 압도적이었다.'

맞는 말이다. 투수가 구원으로 나가면, 선발일 때보다 힘을 집중해서 몰아쓰기 때문에 모든 기록이 좋아진다. 선동열도 마찬가지다. 거의 구원투수로만 나왔던 1993년과 1995년, 선동열의 피출루율은 0.176, 탈삼진 비율은 무려 37.3%, 평균자책점은 0.65에 불과했다.

하지만 오승환 편에서 다시 한 번 반론이 가능하다. '오승환은 훨씬 더 강한 타자들을 상대했다.'

이것도 맞는 말이다. 선동열이 활약했던 11년 동안, 국내 팀들은 경기당 4.17점 밖에 못 냈다. 경기당 홈런은 1.28개에 불과했다. 경기당 3.7점도 못 내던 역대 최고의 '투고타저 시즌' 1986년과 1993년이 모두 '선동열의 시대'였다.

오승환이 국내에서 뛰었던 9년은 전혀 달랐다. '선동열의 시대'보다 경기당 득점은 9%, 홈런은 무려 19%나 많이 나온 '타자들의 시대'였다. 경기당 점수가 가장 많았던 '타고투저 시즌' 톱10 가운데 세 시즌에 오승환이 뛰었다. 통산 타율 톱10 가운데 고장효조 감독을 제외한 9명이 오승환과 대결을 펼쳤다. 한마디로 오승환은 훨씬 험악한 환경을 극복해 온 것이다.

이렇듯 서로 다른 시대를 지배한 두 위대한 투수의 우열을 가리기는 쉽지 않다. 한 가지 확실한 건, 그 둘처럼 리그를 압도한 투수는 없었다는 거다. 과거 선동열의 경기를 직접 본 사람들은, 두고두고 무용담처럼 그 전율을 묘사한다.

그 세대에게 선동열이 있었던 것처럼, 지금 오승환의 피칭을 감상하는 것은 이 시대를 살아가는 우리들의 특권이다.

이성훈

순간을 지배하라

1판 1쇄 인쇄 2015년 5월 4일
1판 1쇄 발행 2015년 5월 11일

지은이 오승환 · 이성훈 · 안준철
사진제공 n2shot · 안준철 · 연합뉴스

발행인 양원석
본부장 김순미
편집장 박정훈
책임편집 백지영
해외저작권 황지현, 지소연
제작 문태일, 김수진
영업마케팅 김경만, 임충진, 최경민, 김민수, 장현기, 이영인, 정미진, 송기현, 이선미

펴낸 곳 ㈜알에이치코리아
주소 서울시 금천구 가산디지털2로 53, 20층(가산동, 한라시그마밸리)
편집문의 02-6443-8867 **구입문의** 02-6443-8838
홈페이지 http://rhk.co.kr
등록 2004년 1월 15일 제2-3726호

ISBN 978-89-255-5601-7 (03810)